C. M. Spoerri

# Leon

## Leon: Glück trägt einen roten Pony

*Ich bin Leon, dreiundzwanzig. Alles andere geht euch nichts an. Ihr wollt meine Geschichte lesen? Nun, wer einen Fantasyroman erwartet, den muss ich enttäuschen. Mein Leben ist definitiv kein Roman – auch mit noch so viel Fantasie nicht. Und selbst die Tatsache, dass eines Tages ein Geistermädchen auf meiner Türschwelle stand und mein Leben auf den Kopf stellen wollte, war alles andere als fantastisch. Okay, sie war ja nett anzusehen, mit ihrem roten Pony und den nussbraunen Augen. Aber ehrlich ... dieses ›Leon, Leon, du musst dein Leben ändern und dein Glück finden‹-Gerede braucht keiner.*

*Solltet ihr nun auf einen schnulzigen Liebesroman mit ›Und wenn sie nicht gestorben sind, dann knattern sie noch heute‹ hoffen, werdet ihr hier ebenfalls nicht fündig. Jetzt mal unter uns: Ihr wisst schon, dass das Leben kein rosaroter Ponyhof ist, oder?*

*Warum ihr das Buch dennoch lesen solltet? Keine Ahnung. Mir egal. Ich weiß nur, dass ich mir einen Türspion anschaffen werde, denn der hätte mir diese ganze Geschichte erspart.*

## Die Autorin

C. M. Spoerri wurde 1983 geboren und lebt in der Schweiz. Ursprünglich aus der Klinischen Psychologie kommend, schreibt sie seit Frühling 2014 erfolgreich Fantasy-Jugendromane (›Alia-Saga‹, ›Greifen-Saga‹) und hat im Herbst 2015 zusammen mit ihrem Mann den Sternensand Verlag gegründet. Weitere Fantasy- und New-Adult-Projekte sind dabei, Gestalt anzunehmen.

**C. M. Spoerri**

# *Leon*

Glück trägt einen roten Pony

Fantasy Roman

Sternensand Verlag

www.sternensand-verlag.ch | info@sternensand-verlag.ch

1. Auflage, Januar 2018

Umschlaggestaltung: Rica Aitzetmüller | Cover & Books
Titelillustrationen: fotolia.de | ckybe
Postkartenillustration: pixabay.de | BRRT
Korrektorat: Sternensand Verlag GmbH | Martina König, Jennifer Papendick
Satz: Sternensand Verlag GmbH
Druck und Bindung: Smilkov Print Ltd.



ISBN-13: 978-3-906829-79-1
ISBN-10: 3-906829-79-1

Für meine treuen Leser ♥

# Inhaltsverzeichnis

# 1

## Ich Troll – du Geistermädchen

Troll!

Selber Troll ;-)

Guck dich doch an, du Opfer!

Kein Wunder, hast du kein Profilbild. Wahrscheinlich hat die Kamera Selbstmord begangen, als sie ein Selfie von dir schießen sollte ;-)

Besser, als ein Vermögen für Shutterstock-Fotos auszugeben! ;-)

Ich hätte noch ewig mit HeinzKunoSchlumpf hin und her schreiben können. In der Disziplin des Users mit dem größten Durchhaltevermögen lief mir niemand den Rang ab. Ja, es bereitete mir regelrecht Genugtuung, all meine Aggressionen in Beschimpfungen, gespickt mit Zwinkersmileys (die nichts anderes als ein Synonym für meinen Mittelfinger darstellten), mit voller Ladung auf mir unbekannte Menschen abzufeuern.

Leider klingelte es in ebendiesem Moment an der Wohnungstür.

Ich warf einen Blick auf mein Handy und verzog den Mund zu einem teuflischen Grinsen. Na warte, noch war nicht das letzte Wort geschrieben. Ich hatte noch ein paar Provokationen parat und die würde ich dem Kerl nachher mit dem größten Vergnügen präsentieren.

Es klingelte erneut – anscheinend wollte jemand ganz dringend eine verpasst bekommen.

Knurrend erhob ich mich vom Sofa und schlurfte zur Tür. Es war früher Abend und ich gerade erst zu Hause angekommen, um meine Freizeit mit irgendeinem Schrott in der Glotze, Bier in der Hand und einem gediegenen Wortgefecht auf Facebook zu verbringen. Oder auch auf YouTube, Twitter ... oder einem Blog oder Chatforum. Wahlweise auch gern mal bei Amazon, wo ich alles Mögliche schlecht bewertete – gekauft oder nicht gekauft.

Am meisten Unterhaltung brachten die Sensibelchen namens Autoren. Ich liebte es, sie mit schlechten Rezensionen so richtig zum Heulen zu bringen und sie an ihren Fähigkeiten, Wörter in der richtigen Reihenfolge zu tippen, zweifeln zu lassen. (Nein, ich las keine Bücher – ich war doch nicht bescheuert!)

Gelegenheiten gab es auf jeden Fall genug und meine Fantasie kannte keine Grenzen, wenn es um Provokationen ging.

Als ich die Tür öffnete, blickten mich zwei große braune Augen, verborgen unter einem roten Pony, an. Die Kleine hätte hübsch sein können, hätte sie mir nicht so unsicher ins Gesicht geglotzt und ihre Finger um ein Stück Papier geklammert, als wäre es ihr Rettungsring.

Ich erkannte innerhalb eines Lidschlags, dass sie kaum älter als zwanzig sein konnte und anscheinend für irgendeinen missionarischen Scheiß missionieren musste. So brav, wie sie angezogen war, ziemlich sicher für eine christliche Gebetsgruppe oder die Rettung der Welt, indem sie Katzenbabys an alte Menschen verschenkte.

Sah ich alt aus? Nein, ich war erst dreiundzwanzig.

Oder wie ein Christ? Keinesfalls. Auch wenn mein Look schon mal um einiges verwegener gewesen war als jetzt, so schrien meine schwarz gefärbten Haare, die Tattoos und der ›Leck mich am Arsch‹-Stil meiner Kleidung jeden regelrecht an, er solle mich in Ruhe lassen. Ich hatte meine eigene Religion. Meinen eigenen Willen.

Früher hatte ich noch einen auf dieses ›Lass mich, ich will nicht spielen, sondern beißen‹-Image draufgesetzt, indem ich mich mit anderen Jugendlichen umgab, die teilweise noch abschreckender als ich gekleidet waren. Irgendwann hatte ich dann aber genug davon gehabt, im Rudel unterwegs zu sein, und war zum einsamen Wolf mutiert. Ein einsamer Wolf, der liebend gern Mitmenschen anknurrte, weil sie einen mit belanglosem Müll die Birne vollquatschen wollten. So wie dieses Rotkäppchen, das gerade vor mir stand und mich mit seinen Hundeaugen musterte.

Mein Äußeres schien bei ihr nicht zu funktionieren – zu viele christliche Gene, die ihr einredeten, dass auch diese arme Seele noch gerettet werden könnte.

Konnte ich nicht. *Wollte* ich nicht.

Ich mochte mein Leben so, wie es war. Auch wenn es in vielen Punkten zugegebenermaßen ein paar Updates hätte vertragen können.

»Guten Abend.« Ihre Stimme klang ebenso zart und rein, wie ihr Äußeres wirkte. »Darf ich mich vorstellen? Ich bin …«

»Ich habe keine Stripperin im Ministranten-Look bestellt«, fiel ich ihr ins Wort und sah mit Genugtuung, wie ihre großen Augen sich noch mehr weiteten.

Ja, so mochte ich es. Genau so. Im Nullkommanichts hatte ich der Kleinen den Wind aus den Segeln gepustet – und wenn sie nicht augenblicklich auf ihren schwarzen Lackschühchen kehrtmachen und jemand anderen belästigen würde, würde ich ihr zeigen, wie ich mit kleinen katholischen Engelchen umging. Die verließen meine Wohnung nämlich nur mit gebrochenen Flügeln, zerzausten Haaren – und OHNE Heiligenschein.

Die Kleine rang sichtlich um Fassung und schien nach Worten zu suchen, die das ›Missverständnis‹ in möglichst tugendhaftem Tonfall aufklären würden.

Ich ließ ihr keine Zeit, in ihrem Mauerblümchen-Vokabular zu forsten, und schoss hinterher: »Aber jetzt, wo du schon hier bist … Deine Titten sehen in der Bluse nicht schlecht aus. Komm rein und ich zeige dir, wie der Teufel einen Engel vögelt.«

Ja, ich war ein Arsch. Ein gemeiner, frauenverachtender Arsch.

Und die Ohrfeige, die nur eine Millisekunde nach diesen Worten in meinem Gesicht landete, hatte ich verdient.

Dennoch spürte ich dieses Hochgefühl. Diese Macht, die ich in dem Moment ausstrahlte und die mir ein Grinsen aufs Gesicht zauberte, obwohl die Hälfte davon brannte.

Ich sah nicht schlecht aus, das wusste ich. Und wenn ein Kerl wie *ich* einer Frau wie *ihr* so etwas sagte, konnte sie nur auf zwei Arten reagieren: Entweder sie begann zu heulen und schlug mit zarten Fingerchen zu – oder sie stieg darauf ein und hatte mit mir den Spaß, den ich einer Frau definitiv bieten konnte. Ich verachtete meine Mitmenschen zwar, stöhnen durfte der weibliche Anteil von ihnen trotzdem in meinem Bett.

Tja, Rotkappen-Engelchen gehörte zur ersten Sorte.

Auch wenn sie mir ihre Tränen nicht zeigen wollte, so konnte ich ihre braunen Augen unnatürlich glänzen sehen, ehe sie fast schon fluchtartig auf ihren Schühchen herumwirbelte und das Treppenhaus hinuntereilte.

Ich sah ihr nach, bis sie um die nächste Ecke gebogen war, dann schloss ich mit einem zufriedenen Lächeln die Tür, um mich wieder HeinzKunoSchlumpf zuzuwenden.

Dass mein Handy in ebendiesem Moment auf den Boden fiel, war nicht darauf zurückzuführen, dass ich mit einem Mal einen Schwächeanfall oder Herzinfarkt erlitt. Ebenso wenig wie die Tatsache, dass ich mir an die Brust fasste, während ich wie versteinert auf das starrte, was sich gerade vor mir in der Luft materialisierte.

Ich hatte doch erst ein Bier gehabt … ein einziges verdammtes Bier!

Halluzinierte ich etwa?

Ja, das musste es sein. Ich halluzinierte.

Okay.

Tief durchatmen. Augen schließen. Bis drei zählen und dann wieder öffnen.

Dann wäre alles gut. Dann würde ich meinen Flur wieder so sehen, wie er war, ehe Katholiken-Tussi geklingelt hatte.

Ich versuchte, meine Panik niederzuringen, atmete bewusst tief ein und kniff die Augen zusammen.

Eins.

Zwei.

»Ich bin keine Halluzination.«

Dr…

Verd…

*Was?!*

Ich riss die Augen wieder auf und starrte auf die junge Frau, die eben noch vor mir auf der Türschwelle gestanden und mich mit ihren braunen Engelchen-Augen angestarrt hatte – ehe sie mir eine scheuerte.

Nur dass diese junge Frau jetzt halb durchsichtig mitten in meiner Wohnung stand.

Ansonsten war alles genau gleich. Die Augen, die Haare, sogar die weiße Bluse und der knielange schwarze Rock, den sie nun selbst begutachtete, während sie an sich hinunterblickte und dabei die Stirn runzelte.

»Hm, nicht schlecht. Hatte schon schlimmere Körper.«

Gut. Ich versuchte wirklich, mich zusammenzureißen und das hier irgendwie (IRGENDWIE!) zu begreifen.

Ging nicht. Keine Chance.

Ich hatte noch nie Drogen genommen. Das war nicht mein Ding. Alkohol schon. Aber davon hatte ich definitiv noch zu wenig intus, als dass ich mir SOLCHE Sachen eingebildet hätte.

Andere Erklärung: Ich hatte einen Hirntumor.

Ja, das war der plausibelste Grund dafür, dass ich mit einem Mal Dinge sah, die nicht da sein konnten.

Oder ich war schizophren geworden. Konnte man das? Von einem Augenblick auf den anderen schizophren werden?

Ohne es bewusst entschieden zu haben, hob ich mein Handy vom Boden auf (das zum Glück heil geblieben war), wischte über das Display und gab in Safari ›schizophren von heute auf morgen‹ ein.

Im Tippen war ich schnell. Sehr schnell, ich hatte ja auch täglich ganz viel Übung.

»Was machst du da?«

Das rothaarige Mädchen war einen Schritt näher getreten/geschwebt – und ich zuckte zusammen.

Konnten Halluzinationen einen berühren?

Ich wollte es nicht herausfinden.

Also hob ich den Blick und richtete ihn auf die Kleine, die nur noch einen Meter von mir entfernt stand und mich mit schief gelegtem Kopf ihrerseits musterte.

»Du bist noch nicht ohnmächtig geworden, hast noch nicht nach der Polizei gerufen und auch noch keine Kreuze unter meine Nase gehalten«, stellte sie lächelnd fest. »Vielleicht bist du doch nicht so ein hoffnungsloser Fall, wie ich im ersten Moment dachte.«

Ich begann, den Kopf zu schütteln. So lange, bis ich endlich die Kraft fand, auch meine Beine wieder zu bewegen. Ohne sie anzusehen, ging ich an ihr vorbei in die Küche. Ich brauchte jetzt etwas Stärkeres als Bier. Viel, viel stärker.

Google meldete mir inzwischen, dass man nicht plötzlich schizophren werden konnte – zumindest nicht, wenn man die Finger von Drogen ließ.

Okay, dann eben doch der Hirntumor. Aber dann konnte ich mich auch gleich so lange besaufen, bis ich tot umfiel. Das machte jetzt ohnehin keinen Unterschied mehr. Übermorgen würde mein Chef mich anrufen, weil ich nicht zur Arbeit erschien (morgen hatte ich frei) und irgendwann würden sie mich dann tot in der Küche finden.

Guter Plan.

Besser, als diesem rothaarigen Katholiken-Geist zuzuhören, der wirres Zeugs faselte.

Zum Glück hatte ich in der Küche unter der Spüle immer einen Whiskyvorrat. Das hatte ich mir angewöhnt, nachdem meine Ex mir ständig alles weggesoffen hatte – und es auch beibehalten, nachdem ich sie mit einem meiner Kumpels im Keller unseres Hochhauses rumlecken sah. (Das war übrigens das letzte Mal, dass ich sie überhaupt gesehen hatte … Vielleicht sollte ich mal nachsehen gehen, ob da unten im Keller eine Leiche lag …)

Jetzt war ich meiner Ex sogar dankbar dafür, denn ich konnte die volle Whiskyflasche ansetzen und einen großen Schluck trinken. Der Alkohol verbrannte meine Kehle, aber ich spürte mich immerhin. Was ja gut war, wenn man halluzinierte, oder? Keine Ahnung.

Ein weiterer Schluck folgte.

»Du weißt schon, dass Alkohol nicht gut für deine Leber ist?«

Verdammt. Sie war immer noch da. Diese Stimme in meinem Kopf, die dem Katholikenmädchen gehörte.

Ich verdrehte die Augen und nahm einen dritten Schluck. So langsam begann der Alkohol, durch meine Adern zu rauschen.

Vierter Schluck.

»Du kannst mich nicht einfach ›wegtrinken‹, Leon.«

Gut. Das war definitiv das Zeichen, dass ich sie mir nur einbildete. Denn ich hatte Rotkäppchen nie gesagt, wie ich hieß.

Fünfter Schluck.

»Na gut. Ich komme wieder, wenn du dich eingekriegt hast.«

Sechster Schluck.

»Man sieht sich, Leon.«

…

Siebter Schluck.

…

…

…

…

Stille.

Ich wagte beinahe nicht, mich umzudrehen und in die Richtung zu schielen, aus der die Stimme eben noch erklungen war. Dennoch tat ich es – und atmete tief durch.

Sie war weg.

Einfach so, nur mit ein bisschen Single Malt.

Frauen mit Alkohol vertreiben – die Ironie meines Lebens.

# 2

## Bruder vor Luder – oder so

Dass ich am nächsten Tag frei hatte, war Fluch und Segen zugleich. Einerseits brummte mein Schädel vom ungeplanten Whisky-Konsum (der danach noch weitergegangen war – ja, ich hatte ein Alkoholproblem, na und?!). So konnte ich immerhin in Ruhe meinen Kater ausschlafen. Andererseits war heute Mittwoch. Der Tag, an dem ich Wäsche machen sollte. Wollte ich allerdings nicht, ich hasste Waschen.

Seufzend drehte ich mich im Bett herum und suchte nach einer kühlen Stelle auf meinem Kissen, auf die ich meine pochende Stirn legen konnte.

Der gestrige Abend kam mir wie ein böser Traum vor. Welcher Mensch sah denn bitte schön Geister in seiner Wohnung?

Und dann noch denjenigen eines katholischen Mädchens? Wenn es wenigstens eine sexy Stripperin gewesen wäre, die sich die Kleider vom Leib gerissen hätte – dann hätte ich mir aus anderen Gründen so viel Alkohol genehmigt. Aber so … Das Leben war manchmal echt ein Arschloch. Oder meine Fantasie. Oder beides.

Ich seufzte in mein Kopfkissen und versuchte, zurück in den Traum zu gelangen, aus dem ich gerade erwacht war. Irgendetwas mit einer Bar. Und hübschen Mädchen, mit denen ich geflirtet hatte (ja, ich konnte auch nett sein – aber nur, wenn ich Sex dafür bekam).

»Du solltest aufstehen …«

Ich erstarrte mitten im Versuch, nicht zu hyperventilieren.

Die Stimme, die direkt an meinem Ohr erklungen war … war diejenige des katholischen Geistermädchens.

Was zum Teufel hatte das zu bedeuten? War ich jetzt wirklich übergeschnappt? Bildete ich mir tatsächlich irgendwelche Stimmen ein? Oder war ich noch am Schlafen?

Beherzt kniff ich mir in die Hand – und fluchte im nächsten Moment.

*Verdammt, tat das weh!*

»Scheinst dich noch nicht an mich gewöhnt zu haben«, kommentierte die Mädchenstimme trocken.

Jetzt erklang sie etwas weiter entfernt, sodass ich es wagte, mich umzudrehen und nach ihr zu suchen.

Da stand sie. Mitten in meinem unordentlichen Zimmer (ich sollte ja eigentlich Wäsche waschen). Und lächelte mich an.

Sie. Lächelte. Einfach. So.

Immer noch trug sie diese weiße Bluse und den schwarzen Rock. Aber ich glaubte auch nicht, dass Geister sich umziehen mussten. Sie waren schließlich tot …

Verdammt! Was dachte ich da?!

Da stand ein GEIST in meinem Zimmer!

Ein verfluchter lebendiger – äh … toter – Geist!

Einen Moment lang war ich versucht, mir die Decke über den Kopf zu ziehen, hysterisch zu schreien oder auf sie loszugehen.

Ich tat nichts von all dem, sondern starrte sie nur an, als wäre sie … ein Geist.

Ihr Lächeln wurde etwas breiter. »Wir hatten gestern nicht die Gelegenheit, uns vorzustellen.« Jetzt trat sie wieder näher an mein Bett und streckte mir ihre zierliche Hand entgegen, die ich natürlich nicht ergriff – Schockstarre, durchsichtig und so. Letzteres schien sie selbst zu merken, sie zog die Hand zurück. »Hi, ich bin Feli. Eigentlich Felicitas, aber nenn mich Feli.«

Ihre Augenbrauen verschwanden noch weiter unter dem roten Pony, während sie mich ansah. Anscheinend wartete sie auf irgendeine Reaktion.

»Blb …« (Ja. Tatsächlich. ›Blb‹. Mehr kam nicht über meine Lippen.)

Sie legte den Kopf schief. »Bist du dumm oder so?« In ihren Augen erschien ein mitleidiger Ausdruck.

Sie konnte sich ihr Mitleid sonst wohin stecken!

»Verschwinde!«

Ein Wort. Ein Blick. Es hätte reichen sollen. Die Alternative wäre noch mehr Whisky (das hatte ja beim ersten Mal auch gewirkt), aber mein Schädel brummte so stark, dass ich bezweifelte, dass ich, ohne mich zu übergeben, in die Küche gelangen könnte.

Leider reichte dieses eine Wort nicht.

Sie blieb an Ort und Stelle stehen und musterte mich mit ihren Nussaugen. »Ich werde nicht so rasch verschwinden, falls du darauf wartest, Leon. Hier herrschen eine Menge unguter Energien. Die muss ich erst vertreiben, ehe du mich wieder loswirst.«

Okay, in diesem Augenblick wünschte ich mir tatsächlich, ich würde in Ohnmacht fallen. Ein katholisches Geistermädchen war ja schon schlimm genug. Aber eines, das auch noch ein esoterisches Faible besaß – verfluchte Scheiße, was sollte das eigentlich?!

Ich überlegte, wie ich diesen Geist wieder loswerden könnte. Vielleicht sollte ich einen Exorzisten rufen? Ja, das wäre eine gute Idee. Eine sehr …

Als ich nach dem Handy greifen und einen Exorzisten googeln wollte, stoben mit einem Mal Funken und ich zog fluchend die Hand zurück, da ich mir die Finger am Gerät fast verbrannt hatte.

»Erste Lektion: kein Handy mehr«, war der hilfreiche Kommentar der Geistertussi.

Jetzt machte sie mich wütend. Sehr sogar. Ich vergaß, dass ich sie mir ja eigentlich nur einbildete, und knurrte sie an. »Verdammt! Warst *du* das etwa? Hast du gerade mein Handy kaputt gemacht?!«

Statt sich zu entschuldigen, lächelte sie einfach weiter. »Ja. Das war ich. Das hier ist mein Job.«

»Dein …« Ich versuchte, mich zusammenzureißen, aber es ging nicht. »Verfluchter Job?!«

»Brüll mich nicht so an und hör auf, zu fluchen, das tut mir weh.« Sie verzog tatsächlich ihren schönen Mund. (Okay, ja, ich fand sie schön, na und?! Darf man einen Geist etwa nicht gruselig und schön gleichzeitig finden?!)

»Du kannst keine Schmerzen haben, du bist ein Geist!«, fauchte ich. »Einbildung. Hirngespinst. Halluzination. Such dir was aus! Und dann verschwinde aus meinem Leben!«

Das Lächeln kehrte auf ihr Gesicht zurück und sie sah mich kopfschüttelnd an. »Liebster Leon« (so begann man einen abgefuckten Liebesbrief, keine Konversation!), »ich habe dir doch gestern schon gesagt: Ich bin keine Halluzination. Und alles andere, was du gerade aufgezählt hast, bin ich auch nicht. Ich bin eine Glücksbringerin. Ein Glücksgeist. Nicht mehr und nicht weniger.«

Ich fand, dass es langsam Zeit wurde, aus dem Bett zu steigen. Ungeachtet der Tatsache, dass ich immer nackt schlief, schlug ich meine Decke zurück und setzte mich auf den Bettrand. Mein Kopf und Magen rebellierten gleichzeitig und ich musste mich zusammenreißen, um ihr nicht vor die durchsichtigen Füße zu kotzen. Aber es ging einigermaßen.

Ihr Blick glitt zu gewissen Regionen, die sie mit meinen Boxershorts nicht zu Gesicht bekommen hätte, und ihr Lächeln wurde etwas breiter. »Du scheinst schön geträumt zu haben, das ist doch schon mal ein Anfang.«

V.E.R.D.A.M.M.T.

Vor lauter Geisterzeugs hatte ich gar nicht darauf geachtet, dass ich die Bar aus meinem Traum anscheinend schon verlassen und demnach eeeetwas weiter mit den hübschen Mädchen gewesen war als dort, woran ich mich beim Aufwachen erinnert hatte.

Rasch zog ich die Decke über meine Kronjuwelen und funkelte den Geist verärgert an. »Weißt du, wie abgefuckt sich das anhört?!«, brummte ich. »Ich spreche gerade mit verdammter Luft. Verdammter Luft, die aussieht wie dieses Katholikenmädchen von gestern. Ich sag dir nur eins: Hau ab. Ich will nichts von dir. Und du gefälligst auch nicht von mir!«

Sie legte den Kopf schief und verschränkte die Arme vor der Brust. »Oh, ich will nichts von dir, keine Sorge. Im Gegenteil. Ich will, dass du ganz viel von mir bekommst.«

Nun fielen mir tatsächlich fast die Augen aus dem Kopf.

Eine Geister-Nutte? Echt jetzt? Gab es das? Wie sollte ich das dem Seelenklempner verklickern (den ich zweifelsohne treffen würde, würde ich jemals irgendjemandem von dieser Unterhaltung erzählen)? ›Oh, Onkel Doktor, da war ein Geist, der Doktorspielchen mit mir machen wollte.‹

Nein, viel peinlicher wäre nur noch, ihm zu gestehen, dass ich dieselben auch *gemacht* hätte. Was ich nicht tun würde! Sie war nicht echt! War sie nicht. Nein.

Und das würde ich ihr gleich beweisen.

Ich sprang auf und lief zielstrebig an ihr vorbei zu meiner Jeans, die ich achtlos auf den Boden geworfen hatte. Ein Shirt folgte sowie meine Jacke. Es war seit einiger Zeit beschissenes Wetter draußen.

»Hey, wo willst du hin?«, protestierte das Geistermädchen hinter mir.

Natürlich erhielt sie keine Antwort. Ich fand es besser, sie einfach Geistermädchen sein zu lassen, während ich mich der Realität zuwandte – die pochend in meinem Kopf dröhnte, als ich die Wohnung verließ.

Keine zwei Minuten später stand ich in einer uralten Telefonzelle, die sich nur eine Straße weiter von meinem Wohnblock befand. Ja, es gab sie noch, diese seltenen kleinen Glasräume, die jedoch kaum mehr benutzt wurden. Entsprechend stank es hier drinnen nach Urin und irgendetwas Totem, das immerhin von jemandem weggeräumt worden war.

Ich wühlte in meiner Jeans nach einer Münze (zum Glück hatte ich gestern das Restgeld von meinem Biereinkauf einfach in die Hose gesteckt) und war noch nie so froh darüber gewesen, dass ich einen gewissen Spleen für Zahlen hatte. Ich konnte mir alle Zahlenreihen merken. Jede, war sie noch so lang und kompliziert. Auch die Telefonnummer meines besten Freundes.

»Jens!« Ich hörte selbst, wie abgehetzt ich klang, als es endlich in der Leitung klickte.

Und Jens ebenfalls. »Was ist los, Alter? Warum rufst du mich von dieser Nummer aus an?« Er wirkte schläfrig.

Es war zwar ziemlich sicher bereits Mittag (ich hatte nicht mehr aufs Handy schauen können, ehe es den Geist aufgegeben hatte – was für ein Wortspiel …), aber auch er hatte die Angewohnheit, an seinen freien Tagen länger zu schlafen. Wir arbeiteten zusammen bei einem Getränkelieferanten und der lieferte mittwochs nicht aus.

»Hör zu«, murmelte ich ins Telefon. »Kannst du bei mir vorbeikommen? In einer halben Stunde? Es ist wichtig.«

Ich hörte Jens am anderen Ende tief seufzen. »Alter, ich hab gestern … Warte, Süße … bin gleich bei dir.« Ich hörte, wie er eine Tür schloss, da er anscheinend in einen anderen Raum gegangen war, weil er nicht wollte, dass ›Süße‹ etwas von unserem Gespräch mitbekam. »Sie ist der Wahnsinn, Mann.« Seine Stimme klang gedämpft, da er extra leise sprach. »Doppel-D, und ihr Arsch …! Verflucht, Alter. Ich brauche definitiv länger als eine halbe Stunde – ich werde sie den ganzen Tag durchvögeln.«

Ich verdrehte die Augen. »Sag ihr doch, du willst sie heute Abend wiedersehen, dann kannst du sie in Ruhe …«

»Nein! Alter!« Kurz war Jens laut geworden, jetzt flüsterte er wieder. »Ich bin doch nicht wahnsinnig. Weißt du, was Frauen denken, wenn du sie am selben Tag wiedersehen willst? Richtig. Sie erwarten einen Verlobungsring. Ne, das tu ich mir nicht an. Ich will sie bloß vögeln, dann ist sie Gebrauchtware.«

Gut, es gab jemanden, der zu Frauen noch mieser war als ich: Jens.

»Ach vergiss es«, brummte ich und warf einen wütenden Blick hinüber zu meinem Wohnblock.

Dort, im zehnten Stock, wartete ein Geistermädchen auf mich. Ohne Doppel-D, aber mit mindestens genauso perversen Gedanken, wie Jens sie gerade hatte.

Wer wusste schon, ob sie nicht nackt war, wenn ich zurückkäme?

Ich hörte ein Knacken, dann war Jens weg – und ich merkte, wie meine Hand zitterte, als ich den Hörer auf die Gabel zurücklegte.

Wenn ich Glück hätte, wäre sie verschwunden.

Leider hatte ich kein Glück. Sie stand noch da. Mitten in meiner Wohnung. Und lächelte mich an.

»Hey, da bist du ja wieder!«, rief sie erfreut und kam auf mich zu.

Ich wich zurück. Wenn sie mich tatsächlich verführen wollte, müsste sie schon härtere Geschütze auffahren als ein Lächeln. Gegen weibliche Verführungskünste war ich immun – jahrelanges Training.

»Also, lass uns doch den Verhaltenskodex klären.« Ihr Lächeln wurde noch etwas breiter.

Verdammt, wo war ich hier gelandet? In einer okkulten Pornoversion von ›Fifty Shades of Grey‹?!

»Hör zu«, begann ich und hob die Hände zum Zeichen, dass sie nicht noch näher kommen sollte. »Egal, was du von mir willst – du wirst es nicht kriegen, klar? Ich habe keine Ahnung, was das hier ist, aber es wird aufhören. Sofort!«

»Oh, du durchläufst die Phasen ja wirklich schnell«, erwiderte sie und zog die Augenbrauen hoch.

»Phasen?« Ich starrte sie verwirrt an.

»Ja«, nickte sie und begann, anhand ihrer Finger aufzuzählen. »Erste Phase, wenn man einem Glücksgeist begegnet: Verleugnung. Zweite Phase: Ärger. Dritte: Verhandeln. Da schlitterst du jetzt gerade rein. Dann folgen meist noch Depression und schließlich Akzeptanz. Und dann, ja, dann die Veränderung.« Ihr Lächeln blieb auf ihren Lippen, als wäre es dort festgeklebt.

»Depression?«, brummte ich. »Ich dachte, du bist ein Glücksgeist!«

Wieder nickte sie und ihre nussbraunen Augen begannen zu strahlen. »Oh ja, das bin ich. Du bist echt schnell, weißt du das? Der letzte meiner Schützlinge hat zwei ganze Wochen dafür gebraucht, bis er mich akzeptiert hat. Leider war es dann zu spät, um ihn zu retten. Aber bei dir wird es anders sein. Das spüre ich.«

»Halt, halt, halt!«, unterbrach ich ihren Redeschwall. »Was faselst du da?! Glücksgeist? Mich retten? Was wird hier eigentlich gespielt? Ich dachte, du willst Sex mit mir?!«

In diesem Moment erklang das glockenhellste Lachen, das ich jemals gehört hatte. Und ich wusste auf der Stelle, dass ich süchtig nach diesem Lachen werden würde. Es durchflutete mich wie eine Welle voller Wärme, Geborgenheit und … ja, Glück. Besser als jede Pille, die man einwerfen konnte.

Leider war die Flut viel zu rasch vorbei und an ihrer Stelle blieben gähnende Leere und Dunkelheit. Der Kontrast ließ sich in etwa mit einem herrlichen Sonnenbad vergleichen – ehe jemand einen Eimer Eiswasser über einem auskippt.

Ich fröstelte sogar, während das Geistermädchen mich nun mit belehrend in die Luft gehobenem Zeigefinger ansah. »Ich will keinen Sex mit dir. Wie stellst du dir das denn vor? Ich bin doch durchsichtig, Leon. Hach, ihr Männer … denkt immer an das Eine und nie an das Wichtige.«

Okay, Glockenstimmchen war sexistisch. Aber ich auch. Passte also.

»Du hast bestimmt viele Fragen«, fuhr das Geistermädchen fort. »Ich werde sie dir alle beantworten. Aber nicht hier im Flur. Lass uns ins Wohnzimmer gehen.«

Sie drehte sich um und löste sich eine Sekunde später in Luft auf.

Ich blieb wie angewurzelt zurück.

*War's das jetzt? War ich sie los? Endgültig?*

»Kommst du?«

Ich stöhnte entnervt und trottete in die Richtung, aus der die Stimme erklungen war. Dem Wohnzimmer.

# 3

## Wer nicht hören will …

»Also du willst mir allen Ernstes verklickern, dass du *nicht* das Mädchen bist, das gestern vor meiner Wohnungstür stand? Du siehst bloß so aus?« Ich versuchte, die Panikattacke, die sich in mir anstaute, irgendwie zu unterdrücken.

Ein Geistermädchen in meiner Wohnung war eine Sache. Eine andere aber, einem Geist gegenüberzustehen, der sich beliebig in irgendwelche Menschen verwandeln konnte.

»Warum musstest du denn ausgerechnet wie sie aussehen?«, blaffte ich sie an. »Hättest du nicht Angelina Jolie oder so sein können?«

Feli schüttelte den Kopf. »So funktioniert das nicht. Ich kann nur die Gestalt von jemandem annehmen, der genug Glück in sich trägt – und sich in Reichweite der Person befindet, die gerettet werden muss.«

»Tut mir leid, ich versteh nur Bahnhof«, brummte ich. »Ich mache mir jetzt erst mal einen Kaffee. Du wirst wohl passen, oder?« Ich warf einen Blick auf ihren durchschimmernden Körper.

Sie lächelte zwar, aber ihre Augen wurden so ernst, dass ich einen Schauder verspürte. »Regel Nummer zwei: keine Witze über Geister. Ich habe in den Jahrhunderten, in denen ich lebe, wirklich schon genug blöde Sprüche hören müssen.«

Eigentlich wollte ich etwas sagen.

A) Ihr an den Kopf werfen, dass sie nicht ›lebte‹.

B) Sie fragen, wie alt sie eigentlich war.

C) Herausfinden, warum sie ausgerechnet zu mir kam.

Und D) Was verdammt noch mal es bedeuten sollte, dass sie mich ›retten‹ wollte.

Aber ich schüttelte bloß den Kopf, seufzte und ging in die Küche.

Es war offiziell: Ich war übergeschnappt, denn ich redete mit einem jahrhundertealten Geist, der sich selbst als ›lebend‹ bezeichnete – und mit mir irgendwelche Regeln besprechen wollte, um mich vor was auch immer zu ›retten‹.

›Hallo, Onkel Doktor, ich bin der Sklave eines Domina-Mutter-Theresa-Geistes. Nein. Sie will keinen Sex mit mir. Ist ja ein Geist. Regeln aufstellen will sie trotzdem.‹

Herrlich.

Großartig.

Bekloppt.

Während mein Kaffee in der Kanne brühte, versuchte ich, die Gänsehaut zu ignorieren, die sich immer noch auf meinen Unterarmen bilden wollte. Keine Chance, wenn im Zimmer nebenan ein Geist auf einen wartete.

Ein bisschen hatte ich die Hoffnung, dass sie weg wäre, wenn ich zurückkäme. Aber als ich mit meiner Kaffeetasse wieder im Wohnzimmer auftauchte, stand sie noch an derselben Stelle und sah mich erwartungsvoll an.

Ich stöhnte leise, während ich mich auf das Sofa fallen ließ. »Also, dann beginn mal mit deiner ›Einführung für Geistersklaven‹«, forderte ich, während ich vorsichtig an meiner Tasse nippte.

Feli lächelte (was für Drogen nahm sie, dass sie andauernd lächeln musste?!) und schwebte ein paar Schritte zu mir, blieb jedoch neben dem Sofa stehen.

Man hätte mir schon eine Million in bar zahlen müssen, um einen Geist aufzufordern, neben mir Platz zu nehmen, also sah ich sie nur abwartend an.

»Es ist einfacher, wenn du mir erst deine Fragen stellst, dann kann ich darauf eingehen«, erklärte sie.

Ich prustete leise. »Meine Fragen? Kannst du gern haben: Warum zum Teufel bist du hier? Was willst du von mir? Kann nur ich dich sehen oder andere auch? Wie werde ich dich wieder los? Weshalb …«

Feli hob die Hand und unterbrach mich mit dieser Geste. »Halt, halt, das ist etwas viel auf einmal.«

Notiz an mich: Geisterfrauen waren genau wie lebende Frauen. Forderungen stellen und wenn man ihnen nachkam, war's auch wieder nicht recht.

Ich knurrte in mich hinein und verbrannte mir im nächsten Moment meine Zunge, da ich einen zu großen Schluck Kaffee genommen hatte.

*Verdammt, ich hätte doch nach dem Whisky greifen sollen.*

»Also: Beginnen wir von vorn«, fuhr Feli unbeirrt fort. »Ich bin hier, weil das meine Aufgabe ist. Ich bin – wie bereits erwähnt – ein Glücksgeist. Das …«

»Warte«, unterbrach ich sie und hob neugierig den Blick. »Glücksgeist … Dann kann ich dich also in ein Casino mitnehmen?«

Mit einem Mal war mir ihre Anwesenheit nicht mehr so unangenehm. Wenn tatsächlich nur *ich* sie sehen und hören könnte, wäre sie ein unschlagbarer Trumpf bei jedem Kartenspiel. Da taten sich ganz neue Möglichkeiten auf … Danke, lieber

Gott, endlich hast du einmal etwas in meinem Leben richtig gemacht!

Das Geistermädchen sah mich verdattert an, dann erschien wieder dieses Lächeln, das mir inzwischen gehörig auf den Wecker ging. »Aber nein, Leon«, meinte sie kopfschüttelnd. »So funktioniert das nicht. Ich trage die *Glückseligkeit* in mir. Nicht das *Glück*. Dafür ist Fortuna zuständig. Meine ältere Schwester. Sie wird ungern so genannt, besteht darauf, dass sie Victoria heißen sollte. Sie ist eine Narzisstin – alle müssen sie Vicky nennen.« Sie schüttelte den Kopf und verdrehte leicht die Augen, da sie anscheinend auf ihre Geisterschwester nicht so gut zu sprechen war.

Aber ihre (augenscheinlich ziemlich komplizierten) Familienverhältnisse waren mir gerade vollkommen schnuppe.

Mein Mund klappte auf, dann wieder zu und wieder auf, während ich versuchte, zu verarbeiten, was sie mir erzählt hatte.

Ich hatte also schlicht und ergreifend den falschen Geist hier in meiner Wohnung. Danke, du beschissenes Schicksal! Mit dieser ›Fortuna, nenn mich aber Vicky‹-Version säße ich schon längst in einem Casino und würde das Spiel meines Lebens spielen! Haha, wirklich witzig, du Kackleben mit deinen Kackeinfällen!

»Verdammt …«, entwich es mir, während ich Feli fassungslos anstarrte.

Ihr Lächeln gefror ein wenig. »Hör auf, dieses Wort ständig zu benutzen«, bat sie in zerknirschtem Tonfall.

»Verdammt?«

»Ja.«

»Warum?«

»Es tut mir weh.«

Da war sie wieder – die dämlichste Begründung, die ein Geist von sich geben konnte. Sie war *durchsichtig*, verd… zum Henker! Wie konnte ein durchsichtiges Wesen Schmerz empfinden?!

Es lag mir auf der Zunge, ihr ebendies an den Kopf zu pfeffern, aber da fuhr sie schon erklärend fort.

»Alles Negative fühlt sich für mich in etwa so an, als würde man dir mit einer Nadel ins Fleisch stechen. Einer dicken, langen Nadel, die …«

»Schon gut, hab verstanden!«, unterbrach ich sie.

Ich hasste Nadeln. Wenn ich eine sah, fiel ich meist in Ohnmacht. Ich wäre ein erbärmlicher Junkie.

»Ich glaube nicht, dass du es wirklich verstanden hast«, widersprach sie mir. »Deswegen bin ich hier. Ich werde es dir zeigen.«

»Nadelstiche? Nein danke. Jetzt wird es echt pervers«, empörte ich mich und erhob mich vom Sofa, um sicheren Abstand zwischen sie und mich zu bringen. Die Kaffeetasse stellte ich auf den Beistelltisch vor mir.

Feli aber ließ sich nicht beirren und schwebte mir hinterher. »Nur so lernst du, was zu deiner Glückseligkeit beiträgt – und was dich davon abhält.«

»Ich will keine Glückseligkeit«, knurrte ich sie an. »Ich will bloß meine Ruhe. Verschwinde einfach!«

Leider blieben meine Worte wirkungslos. Sie kam immer näher zu mir heran – ich wich weiter vor ihr zurück. Bis ich irgendwann an der gegenüberliegenden Wand anstieß und keinen Fluchtweg mehr hatte.

»Es ist notwendig«, hauchte sie. »Du musst spüren, auf welchem Weg du dich gerade befindest.« Sie hob eine Hand.

Ich zuckte unwillkürlich zusammen, als mich ein sanfter, kühler Hauch an der Wange traf. Sie berührte mich nicht (konnte sie gar nicht mit ihren durchsichtigen Fingern) und dennoch war da dieser Luftzug, den ihre Hand an meinem Gesicht erzeugte. Mein Körper erstarrte, während alles in mir eigentlich fliehen wollte. Nur konnte ich keinen einzigen Muskel mehr bewegen.

Ich stierte auf sie hinunter, sah in diese Rehaugen, die mich lächelnd musterten, während sie so dicht vor mich trat, dass ich mir einbilden konnte, ihren Körper tatsächlich zu spüren. In diesem Moment wünschte ich mir nichts so sehr, wie endlich aus diesem Albtraum aufzuwachen.

»Schließ die Augen«, flüsterte sie.

*Jaaaa, genau. Augen schließen! Ha, so dämlich war ich nicht, dass ich …*

Meine Augen fielen automatisch zu. Die Lider wollten einfach nicht mehr gehorchen. Ich war umgeben von Dunkelheit, fühlte nur den kühlen Lufthauch, der weiterhin an meinem Gesicht blieb.

»Spürst du es?« Ihre Stimme klang wie von weit her.

Ich konnte ihre Frage nicht beantworten, da mein Mund mir nicht gehorchen wollte. Aber ich spürte ohnehin nichts. Gar nichts. Dieses verdammte Mädchen erlaubte sich wohl gerade einen Scherz mit …

Ein Schmerz durchzuckte meinen Körper, wie ich ihn noch nie erlebt hatte. Es war beinahe, als stächen tausend Nadeln in meine Glieder. Überall hin. Sie hinterließen einen Schmerz, der so tief ging, dass es sich anfühlte, als würde jede einzelne Muskelfaser in mir durchbohrt.

Ich keuchte laut auf, dann entwich mir ein Schrei. Unmenschlich. Verzweifelt. Voller Qual.

»So fühlt sich das Gegenteil von Glückseligkeit an«, hörte ich Felis Stimme an meinem Ohr. »Das ist deine Zukunft. Die, die du dir für deine Seele gerade erschaffst. Die, vor der ich dich bewahren möchte. Denn wenn die Seele solche negativen Gefühle aushalten muss, stirbt sie. Dann bleibt nur noch eine Hülle übrig. Ohne Empathie. Ohne Hoffnung. Ohne Liebe. Genährt nur durch Hass, Neid und Einsamkeit. Der Mensch ist zwar dafür gemacht, dies eine Zeit lang auszuhalten. Aber niemand kann wirklich lange so leben.«

Sie sprach die Worte so eindringlich, dass jedes einzelne schmerzte. Ich wusste nicht, ob ich immer noch schrie – es fühlte sich zwar so an, aber ich hörte keinen Ton.

»Jetzt weißt du, mit was für Emotionen du mich flutest, seit ich in dein Leben getreten bin«, fuhr Feli fort. »Ich bin im Moment zwar noch voller Glück, das mich umgibt wie ein Schutzpanzer. Aber mit jedem Wort, jedem Blick, jeder Geste nimmst du mir etwas davon. So lange, bis ich leer bin, bis ich keine Barriere mehr gegen deine Negativität besitze. Daher lasse ich nicht zu, dass du mich leerst, hörst du?«

Ich nickte. Keine Ahnung, warum ich das konnte, doch ich tat es.

»Gut.« Fast schon vermeinte ich, ein Schmunzeln in ihrer Stimme zu hören. »Dann mach die Augen jetzt wieder auf.«

Mein Körper reagierte absurd rasch auf ihre Worte. Ich blinzelte und starrte sie an. Sie stand immer noch vor mir, den Kopf leicht in den Nacken gelegt, da sie kleiner als ich war. Ihr Blick war eindringlich – aber auch sanft. Und ihre Hand ruhte immer noch an meiner Wange.

»Jetzt sind wir schon ein ziemliches Stück weiter«, meinte sie leichthin und löste sich endlich von mir.

Ich fröstelte, da ich erst jetzt bemerkte, wie kühl es im Zimmer geworden war. Meine Heizung funktionierte doch. Warum fror ich dann?

Als ich merkte, dass auch meine Beine mir wieder gehorchten, floh ich regelrecht aus dem Zimmer.

Ich floh auf die Straße. In eine weitere Straße. Zum Bahnhof. Stieg in einen Zug, ohne ein Ticket zu lösen, und fuhr davon.

Weit weg von dieser Geistertussi mit Hang zu sadistischen Spielchen.

Weit weg von irgendwelchen Nadeln, die in meine Haut stachen.

Weit weg von …

»Du wirst mich nicht so rasch los, Leon.«

Ich zuckte zusammen und starrte auf die Bank rechts von mir. Dort saß sie. Ich fragte mich gar nicht erst, warum sie als Geist überhaupt sitzen konnte. Feli hatte die Beine übergeschlagen, ihr schwarzer Rock war etwas hochgerutscht und entblößte schlanke Beine.

Warum ich ihre Wade wie hypnotisiert anstarrte? Weil ich sonst durchgedreht wäre. Ich war kurz davor, aufzuspringen und rumzubrüllen. Meine Nerven würden das hier nicht mehr lange mitmachen! Und dann liefe ich Amok, würde den kleinen Jungen auf dem gegenüberliegenden Sitz erschrecken und die ältere Frau, die mich die ganze Zeit schon skeptisch musterte, hätte einen Grund, mir ihren Stock auf den Kopf zu schlagen.

Nein. Ich musste irgendwie die Fassung bewahren. Und das gelang mir nur, indem ich etwas anstarrte, das ich kannte. Etwas, das mir ansonsten auch immer half, von dieser beschissenen Welt eine Auszeit zu nehmen. Selbst wenn es ein halb nacktes Geisterbein war.

»Du willst nicht mit mir reden, oder?«, fragte Feli und warf einen Blick zu mir rüber.

Ich schüttelte so leicht den Kopf, dass es für Außenstehende wohl kaum sichtbar war.

»Verstehe ich«, nickte sie. »Ich würde an deiner Stelle auch nicht mit einem Geist reden. Das kann rasch dazu führen, dass du in einer Zwangsjacke landest – ist einem meiner Schützlinge auch schon passiert … fünfen, um genau zu sein.«

Ich hob den Blick von ihrem Bein und sah sie stirnrunzelnd an.

Dieses Mädchen war mir nicht geheuer. Sie hatte also schon irgendwelche Menschen in Klapsmühlen verfrachtet – wann würde sie mir gestehen, dass sie einige ihrer ›Schützlinge‹ ermordet hatte? Vielleicht weil sie schlicht und ergreifend zu stark fluchten? Ich traute ihr seit der Nadelattacke alles zu.

»Sieh mich nicht so an.« Feli hob die Hände und strich ihren Rock glatt. »Dir wird das nicht passieren – zumindest nicht, wenn du dich an die Regeln hältst.«

Ich verdrehte die Augen. Sie und ihre *verdammten* Regeln!

Feli zuckte zusammen und ich spürte gleichzeitig einen Nadelstich unter meinem Hintern, sodass ich wie von der Tarantel gestochen aufsprang.

Der kleine Junge sah mich mit großen Augen an – die alte Frau mit schmalen.

Ich murmelte etwas von ›Magenproblemen‹ und verließ dann fluchtartig das Abteil. Da der Zug sich gerade in eine Kurve legte, ergriff ich die Haltestange über den Sitzen und hangelte mich durch den Waggon. Leider spürte ich förmlich, wie Feli mir folgte.

»Du kannst nicht vor mir davonlaufen«, hörte ich ihre Stimme hinter mir. »Das wirst du niemals können. Erst wenn ich meine Aufgabe erfüllt habe, wirst du mich wieder los.«

Ich tat, als könnte ich sie nicht hören, und lief schneller.

»Hey, das hier macht auch *mir* keinen Spaß, glaub mir«, fuhr sie fort.

Wir waren gerade in die Schleuse zwischen zwei Waggons gekommen, sodass ich es wagte, mich zu ihr umzudrehen und sie anzufunkeln, ohne dass mich meine Mitmenschen für einen durchgeknallten Trottel hielten.

Meine plötzliche Bewegung ließ Feli erst zusammenzucken, dann stemmte sie die Hände in die Hüften.

»Wenn es dir keinen Spaß macht, warum folgst du mir dann?!«, fauchte ich. »Hau ab! Dann ist uns beiden geholfen!«

Sie hob den Zeigefinger und sah mir fest in die Augen. »Ich habe dir schon gesagt: Das hier ist meine Aufgabe. Mein Job. Ich kann ihn nicht einfach hinschmeißen. So funktioniert das nicht.«

»So funktioniert das nicht«, äffte ich sie nach. »Dann sag mir, wie es funktioniert, und ich sorge dafür, dass du deinen Job binnen eines Lidschlags erledigt hast!«

Für einen kurzen Augenblick sah sie mich schweigend an, dann schüttelte sie bedauernd den Kopf und sah zu Boden. »Du musst selbst darauf kommen, wie du deine Glückseligkeit erlangst. Ich kann dir nur Richtungen weisen. Dich darauf aufmerksam machen, was helfen könnte. Den Rest musst du selbst herausfinden. Ansonsten ist es nicht deine eigene Entscheidung, dein Leben zu ändern.«

Ich schnaubte unwirsch. »Also bist du vollkommen nutzlos. Außer Nadelstiche verpassen, Klimaanlage spielen und große Reden schwingen, kannst du überhaupt nichts?«

Dieses Mal schüttelte sie den Kopf vehementer und ihr Blick war flammend, als sie mich wieder ansah. »Du tust mir schon wieder weh.«

Ich war für einen Moment versucht, sie erneut anzufahren, dann schluckte ich meine Worte jedoch herunter und wandte mich von ihr ab, um in den nächsten Waggon zu gehen.

Natürlich folgte Feli mir. Sie folgte mir, bis ich im hintersten Wagen angekommen war.

Irgendwann zog ich das Fazit, dass sie keine Domina, sondern eine Masochistin mit Stalker-Qualitäten sein musste. Wenn ich ihr ach so sehr wehtat, konnte sie doch einfach abhauen, oder? Sie musste mir nicht folgen – sie war mir ja auch nicht in die Telefonzelle gefolgt, sondern hatte artig in meiner Wohnung auf mich gewartet.

Ich wollte mich zu ihr umdrehen und ihr das an den Kopf werfen, aber da war niemand mehr hinter mir. Nur ein kleiner Köter, der zitternd zu einem Fenster schielte, als hätte er gerade einen Geist davonfliegen sehen.

Hatte er mit großer Sicherheit auch …

# 4

# Postkartenorgasmus

Der Donnerstag war einer der Wochentage, den ich fast genauso sehr hasste wie den Montag. Denn er bedeutete für mich, nach einem freien Tag wieder zur Arbeit zu müssen. Lagerlisten kontrollieren, Lastwagen beladen, zu irgendwelchen Getränkehändlern fahren und den Lastwagen wieder abladen – nicht die Tätigkeit, die ich mir in meinen Jungenträumen ausgemalt hatte. Damals hatte ich noch Polizist werden wollen (pure Ironie, dass ich inzwischen eher auf der Seite der bösen Jungs stand).

Eigentlich langweilte ich mich in meinem Job zu Tode. Aber heute war ich heilfroh, aus der Wohnung zu können. Ich wäre sogar in einen Streichelzoo mit Häschen und Ziegen gegangen, nur um nicht zu riskieren, Feli auf meinem Klo zu begegnen.

Gruselmädchen hatte sich seit unserem gestrigen Gespräch nicht mehr blicken lassen. Ich war sogar nahe dabei, an die Theorie zu glauben, dass ich sie mir nur eingebildet hatte. Wäre da nicht die Tatsache, dass ich jedes Mal, wenn ich ›verdammt‹ dachte oder sagte, zusammenzuckte. Zwar hatte ich keine Nadelstiche mehr gespürt, jedoch war mir Felis Show in ziemlich guter Erinnerung geblieben.

Nun gut, vielleicht hatte ich doch halluziniert, und bei meiner Angst vor Nadeln war es plausibel, dass ich zusammenzuckte.

Ich hätte es wirklich gern glauben wollen.

Wirklich …

Leider sagte mir eine innere Stimme, dass ich auf Google hören sollte: Man wurde nicht einfach von heute auf morgen schizophren, ohne dass man Drogen konsumiert hatte.

Da ich kein Auto besaß, fuhr ich jeden Morgen mit dem Bus zur Arbeit – eine Viertelstunde Fahrt, mehr war es nicht.

Während ich also im öffentlichen Verkehrsmittel meiner Wahl hockte, starrte ich auf das graue Wetter, das der heutige Tag der Welt präsentierte. Es nieselte und die Kälte, die seit heute Morgen draußen herrschte, ließ erahnen, dass die nächsten Tage noch beschissener werden würden.

Ich zog meine Schultern hoch und betrachtete mein Spiegelbild in der Fensterscheibe. Eigentlich sah ich genauso aus wie immer: schwarze Haare, südländischer Touch – nur der etwas abgehetzte Ausdruck in meinen dunklen Augen war neu.

Da Feli mir gestern mein Handy geschrottet hatte (noch ein Indiz, dass ich sie mir nicht eingebildet haben konnte), hatte ich heute Morgen zum ersten Mal seit Jahren mit meinem alten Wecker vorliebnehmen müssen, um nicht zu verschlafen. Es handelte sich um ein Modell aus den Neunzigern, das mit Batterie betrieben wurde. Glücklicherweise hatte ich noch welche in meiner Nachttischschublade gefunden (neben Dingen, die Frauen glücklich machen konnten).

Als ich den Wecker heute Morgen gehört hatte, wurde ich schlagartig in meine Jugend zurückversetzt. In eine Zeit, als in meinem Leben noch alles in Ordnung gewesen war. Ich hörte sogar Papas Stimme in meinem Kopf, ehe er nur noch brüllend mit mir gesprochen hatte. Und sah Mutters Lächeln, ehe es zu einer depressiven Maske erstarrt war.

Wie lange hatte ich mich nicht mehr bei meinen Eltern gemeldet? Sechs Monate? Acht? Keine Ahnung …

Die Erinnerung daran, wie ich vor ihrem täglichen Streit geflohen war, indem ich mit siebzehn Jahren in einer Nacht-und-Nebel-Aktion aus unserer viel zu protzigen Villa auszog, ließ Wehmut in mir hochsteigen. Seither sah ich meine Eltern (die inzwischen auch genug von ihrem täglichen Streit gehabt hatten und sich vor vier Jahren scheiden ließen) nur noch sporadisch. Meist an Feiertagen oder meinem Geburtstag, wo sie immer versuchten, mir ihre Liebe in Form von Geldscheinen zuzustecken.

Wir hatten uns irgendwann aus den Augen verloren und stumm darauf geeinigt, dass wir uns nicht beieinander meldeten, solange es allen gut ging. Ich wusste nur, dass mein Vater wieder eine neue Freundin hatte. Und Mutter ihn dafür hasste. Die zwei würden in diesem Leben keine Freunde mehr werden … was mir im Grunde auch egal war.

»Depression?«

Ich zuckte bei Felis Stimme so sehr zusammen, dass ich die Schläfe gegen die Fensterscheibe rammte. Mein Blick schnellte zur Sitzreihe vor mir, wo das Geistermädchen mit einem mitfühlenden Lächeln saß, sich zu mir umgedreht hatte und mich betrachtete.

Ich kniff die Augen fest zusammen, sodass sie beinahe tränten, und blinzelte dann, in der Hoffnung, dass Feli weg wäre.

War sie nicht. Ebenso wenig wie ihr mitleidiger Gesichtsausdruck.

*Verd… Mist!*

»Hattest du noch einen schönen restlichen Tag?« Sie legte den Kopf schief und spielte mit der Sitzlehne, über die sie ihre schlanken Finger gleiten ließ.

*Echt jetzt? Dieser ›Glücksbringer‹ wollte mit mir Small Talk führen??*

Ich ließ mein Gesicht sich verfinstern, indem ich die Augenbrauen zusammenschob, und schnaubte.

Zur Antwort wurde ihr Lächeln breiter. »Sieht mir noch nicht nach Depression aus, das ist gut«, meinte sie mit einem Schulterzucken. »Ich hoffe, du bist heute etwas aufgeschlossener als gestern?« Ihre dunklen Augen leuchteten erwartungsvoll.

Meine ›Aufgeschlossenheit‹ wurde mit einem energischen Kopfschütteln ausgedrückt.

Feli seufzte. »Hach Leon. Es könnte so viel einfacher sein, wenn du kooperieren würdest. Aber … das macht euch Glücksräuber ja auch aus. Negativität, Engstirnigkeit, Überheblichkeit, Sturheit …«

»Bist du etwa hier, um mich zu beleidigen?« Mein Blick wurde noch eine Nuance finsterer und ich vergaß, dass ich nicht allein im Bus war. Zum Glück befanden sich die anderen Passagiere ein paar Reihen weiter vorn. Dennoch drehte sich eine Frau nach mir um und runzelte die Stirn.

Ich würde mir angewöhnen müssen, mein kaputtes Handy ans Ohr zu halten, wenn ich mit Feli sprach. Gute Idee, so würde keiner denken, ich sei übergeschnappt (jaaaa genau, denn ich sprach ja nur mit einem Geist am Handy, nicht in ›echt‹ *Sarksmuswarnung*).

Zum Glück kam gerade meine Haltestelle, sodass ich aussteigen konnte, während ich nach meinem Telefon in der Jackentasche suchte. Ich hatte es aus Gewohnheit eingesteckt, normalerweise hätte ich die ganze Busfahrt damit verbracht, irgendwelche Leute im Netz zu provozieren und zu beleidigen. Leider blieb mir heute dieser Start in den Tag verwehrt und ich hatte mit meinen dummen Familienerinnerungen vorliebnehmen müssen.

Als ich das Handy hervorholte, zog Feli, die ebenfalls mit mir zusammen ausgestiegen war, die Augenbraue nach oben. »Was willst du damit? … Ah, ich verstehe.« Sie schenkte mir ein beeindrucktes Lächeln, als ich mich mit dem Handy am Ohr zu ihr umdrehte.

Die Straße, die wir entlanggingen, war belebt und es hätte wirklich komisch ausgesehen, hätte ich die ganze Zeit Selbstgespräche geführt.

»Okay, ich sage es dir jetzt noch ein letztes Mal«, begann ich, während ich den Nieselregen, so gut es ging, ignorierte. »Hau ab, lass mich in Ruhe. Ich will nichts von dir. Behalte deine Glückseligkeit oder was auch immer. Und zisch ab!«

Feli blieb stehen und sah mich verärgert an. Eine ganz neue Emotion an dem sonst stets lächelnden Geistermädchen. »Okay, und jetzt sage *ich* dir noch ein letztes Mal, dass das nicht geht.« Sie stemmte die Hände in die Hüften. »Ich kann nicht einfach verschwinden. Ich habe eine Aufgabe zu erledigen.«

»Und sonst was? Feuert dich dein imaginärer Chef?« Ich fuhr mir mit der freien Hand durch die inzwischen nassen Haare und strich sie aus der Stirn.

Eine Passantin, die an mir vorüberging und meine Worte gehört hatte, schritt stirnrunzelnd weiter. Womöglich überlegte sie, in was für einem Kontext ich gerade steckte. Das hätte ich ihr sagen können: im ›Geister verscheuchen für Dummies‹-Kontext.

Wenn Feli noch verärgerter blicken konnte, so tat sie das jetzt, während sie einen Schritt auf mich zukam. »Ich rate dir eins: Mach keine Witze über die Instanz, der ich unterstellt bin.«

»Oder mich trifft der Blitz?« Ich grinste sie herablassend an. »Komm schon, Geistermädchen, das kann nicht dein Ernst sein, oder? Uuuuh, eine Instanz, der du unterstellt bist.« Ich machte eine theatralische Geste und duckte mich, als würde ich befürchten, wirklich vom Blitz getroffen zu werden. Dann lachte ich laut auf. »Warte, ich weiß, wer dein Boss ist: der Weihnachtsmann. Ja, er ist es, oder? Und du bist eine seiner Helfer-Elfen! Kein Wunder, hast du immer dieses dämliche Grinsen im Gesicht und verfolgst mich überallhin – zu viel Süßkram und zu viel Langeweile in deinem Nordpol-Leben. Und der einzige Mann, den es dort gibt, ist ein alter Sack, der lieber mit sich selbst spielt. Willst wohl nicht als alte Jungfer enden, daher dackelst du mir mit deinen Rehaugen hinterher, damit ich dich endlich mal so richtig durchvögel.« Ich spie ihr meinen Zynismus ungefiltert entgegen.

Feli sah mich einen Moment lang voller Entsetzen an, dann löste sie das kleine bisschen, das sie an physischer Präsenz besaß, ohne ein weiteres Wort in Luft auf. Einfach so. Sie verschwand und ließ mich allein auf der Straße stehen.

Ihr letzter Blick bohrte sich in mein Gedächtnis und rief Gefühle in mir hervor, die ich eigentlich gar nicht haben wollte.

Ich hatte sie verletzt. Sehr sogar.

Warum bloß fühlte es sich dieses Mal nicht nach einem Sieg an? Wo war die Macht, die ich jedes Mal spürte, wenn ich jemanden vor den Kopf stieß?

Ein paar Sekunden wartete ich noch, weil ein dämlicher Teil von mir glaubte, dass ich sie nicht gänzlich verscheucht haben konnte (dieser Teil hörte wohl auf den Namen ›Gewissen‹).

Tja. Konnte ich. Hatte ich.

Sie war weg und ich setzte meinen Weg die verregnete Straße hinunter fort – in Richtung Getränkehalle, wo ich Jens gehörig die Meinung geigen würde, weil er die eiserne Regel ›Bruder vor Luder‹ gebrochen und mich mit Feli allein gelassen hatte. Natürlich ohne Feli oder den Umstand, dass ich einen Geist in meiner Wohnung hatte, zu erwähnen.

*Teufel, war das kalt heute!*

Während der Arbeit vergaß ich endlich die Tatsache, dass Feli so sang- und klanglos verschwunden war. Jens und ich fuhren unsere Touren und die körperliche Tätigkeit tat ihr Übriges, sodass ich gegen Abend so müde war wie immer. Ich dachte nicht einmal mehr an das Geistermädchen, als ich mich auf den Nachhauseweg machte.

Erst im Bus kam mir Feli wieder in den Sinn. Hauptsächlich deswegen, weil ich meine Rückfahrt nicht damit verbringen konnte, Leute im Netz zu provozieren. So blieb mir nur, aus dem Fenster zu starren und meinen doofen Gedanken nachzuhängen.

Mein Kopf schmerzte und auch meine Glieder fühlten sich an, als wäre ich an diesem Tag mindestens dreißig Jahre gealtert. Als ich mir an die Stirn griff, fühlte sie sich warm an.

*Hatte ich mich etwa erkältet?*

Ja, gut, ich war mit nassen Haaren zur Arbeit erschienen, da ich vor lauter Geistern keinen Schirm eingepackt hatte. Und mein Immunsystem war nicht gerade das beste – ich ernährte mich hauptsächlich von Bier und irgendwelchem Fastfood, das ich auf dem Nachhauseweg kaufte. Aber deswegen direkt eine Erkältung an Land ziehen? Okay, es lag schon im Bereich des Möglichen.

Leise fluchend stieg ich aus dem Bus und steuerte auf die Dönerbude zu, die sich neben meinem Wohnblock befand, um mir mein Abendessen zu holen.

Zehn Minuten später stand ich (wieder mit nassen Haaren) vor meiner Wohnungstür und überlegte, ob ich den Döner nicht lieber hier draußen essen sollte. Denn dort drinnen wartete vielleicht ein durchsichtiges Mädchen.

Ich entschied mich, dennoch meinen Wohnungsschlüssel hervorzuholen, da nicht nur meine Haare, sondern auch meine Klamotten nass waren. Und wenn ich mich tatsächlich erkältet hatte, sollte ich es nicht auf die Spitze treiben, indem ich hier im zugigen Flur stand und Döner aß.

Also steckte ich den Schlüssel ins Schloss und öffnete die Tür, so leise wie ich konnte, – in der Hoffnung, dass Feli es nicht hörte, sollte sie tatsächlich hier sein.

Ich wartete ein paar Sekunden und wähnte schon die Luft rein, als ich ein leises Stöhnen aus meinem Schlafzimmer hörte. Es war kein schmerzvolles Stöhnen, sondern ein … lustvolles?

Mir fiel beinahe der Döner aus der Hand.

War es das, was ich glaubte, das es war? Befriedigte sich dieses Katholiken-Geistermädchen etwa gerade selbst mit irgendwelchem Sexspielzeug, das ich in meinem Zimmer bunkerte?

Mit einem Mal dachte ich mehr an Wiener Würstchen als an Döner, und ja, auch ein Donut kam in meiner Fantasie vor.

Auf leisen Sohlen schlich ich in Richtung Schlafzimmer, wo die Tür glücklicherweise nur angelehnt war. So könnte ich mich an dem Anblick, der sich mir gleich bieten würde, in aller Ruhe ergötzen.

Ich dachte keine Sekunde daran, dass Feli durchsichtig war und es sich somit für sie schwierig gestalten könnte, sich an meinem Nachttischsortiment zu bedienen. Viel zu sehr war ich in meiner Fantasie versunken, dass sie nackt auf meinem Bett liegen und sich selbst Vergnügen bereiten könnte.

Somit war ich auch ziemlich enttäuscht, als ich nun durch den Türspalt linste und sie mitten im Schlafzimmer saß. Vollkommen bekleidet, aber mit einem verzückten Gesichtsausdruck, die Augen geschlossen, den Mund etwas geöffnet, aus welchem lustvolle Laute drangen. Und um sie herum …

Jetzt fiel mir doch der Döner aus der Hand, sodass ich laut fluchte, während ich ihn vom Boden aufhob.

Feli zuckte merklich zusammen und öffnete die Augen. Das verzückte Lächeln blieb aber auf ihrem Gesicht, auch wenn das Stöhnen jäh endete.

»Was zum Teufel soll das?!«, knurrte ich, während ich den Döner achtlos auf ein Sideboard in meinem Zimmer legte und mich vor Feli aufbaute. »Woher hast du das?!« Ich deutete mit dem Finger auf die Dutzenden von alten Postkarten, die um sie herum verstreut waren.

Sie hob den Blick so langsam, dass ich mir sicher war, dass sie jeden Zentimeter meines Körpers begutachtete. Als sie bei meinen Augen ankam, leuchtete mir das vollkommene Glück entgegen. »Hallo, Leon«, lächelte sie. »Du hast hier eine Quelle voller Glückseligkeit. Warum nutzt du sie nicht? Sie ist noch vollkommen unverbraucht und so … schön.« Sie beschrieb mit den Händen eine Bewegung über die Postkarten.

Meine Antwort war ein weiteres Knurren, dann griff ich nach der Kartonschachtel, in der ich die Postkarten seit meiner Kindheit aufbewahrt hatte.

Damals hatte ich es geliebt, Post zu bekommen, und meine Freunde und Verwandten hatten mir daher immer wieder Postkarten aus aller Welt geschickt.

Ich hatte es seit meinem Auszug von zu Hause noch nicht übers Herz gebracht, sie wegzuschmeißen, also fristeten sie ein Altpapierleben in dem großen Karton, in den ich sie jetzt wieder verfrachtete.

Feli beobachtete mein Tun mit hochgezogenen Augenbrauen, sagte aber nichts.

Ich verstaute den Karton wieder auf meinem Kleiderschrank und drehte mich dann zu ihr um. »Du hast mir meine Frage nicht beantwortet: Was sollte das da eben?!«

Das Geistermädchen sah mich mit großen Augen an. »Ich habe im Glück gebadet. Das hatte ich nach deinen herben Worten gründlich nötig. Noch nie hat einer meiner Schützlinge es geschafft, meine Reserven so rasch zu verbrauchen, wie du.«

Sie sagte es gänzlich ohne Vorwurf in der Stimme. Nur mit diesem bescheuerten Lächeln, das nicht mehr aus ihrem Gesicht weichen wollte.

Ich schüttelte resigniert den Kopf und ging an ihr vorbei, mit dem Ziel, mich zusammen mit meinem Döner auf das Sofa zu verziehen.

Gerade als ich das Zimmer verlassen hatte, hörte ich ihre Stimme erneut: »Was dachtest du denn, was ich hier gemacht habe?«

»Bestimmt nicht Postkarten lesen«, brummte ich, während ich die Tür hinter mir schloss.

Ich hoffte, dass sie das als eindeutiges Zeichen verstand, dass ich jetzt nicht weiter gestört werden wollte.

Tat sie nicht.

War ja klar.

# 5

## Kleiner Löwe

Und, wie war dein Arbeitstag?«

Feli saß neben mir auf dem Sofa und sah mich erwartungsvoll an, während ich stumm den Döner verschlang. Noch nie hatte Fast Food solch einen faden Beigeschmack gehabt wie heute.

Ich brummte etwas Unverständliches, während ich das letzte Stück in meinen Mund schob.

»Hast du begonnen, das Schöne in deinem Leben an dich heranzulassen?«, fuhr Plagegeist fort und legte den Kopf schief.

»Du nervst«, knurrte ich. »Ich verzieh mich an den Computer.«

»Um andere Menschen zu beleidigen?«

»Kann dir egal sein!«

»Ist es aber nicht.«

»Halt die Klappe!«

Sie hob den Zeigefinger, wie immer, wenn sie etwas sagte, das mich gleich auf die Palme bringen würde. »Hör zu, Leon«, tönte sie in feinster Lehrerinnenmanier. »Ich kenne jetzt dein Geheimversteck an positiver Energie. So rasch kannst du mich nicht mehr auslaugen. Zudem«, sie zuckte mit den Schultern, »ist dein Computer ... kaputt.«

Ich begegnete einem unschuldigen Augenaufschlag und sah sie fassungslos an. »Du hast nicht nur mein Handy, sondern auch noch meinen Computer geschrottet?! Bist du jetzt komplett übergeschnappt? Das Teil hat ein Vermögen gekostet! Denkst du, ich kann mir einfach so einen neuen leisten, oder was?! Du dämliche kleine ...«

Feli hob beide Hände und unterbrach meinen Wutausbruch. »Nicht mein Problem, wenn der keine positive Energie aushält«, verteidigte sie ihre Sabotage auch noch.

»Zum Teufel mit deiner positiven Energie!« Ich kniff die Augen zusammen und schnaubte. »Alles nur wegen dieser dämlichen Postkarten! Weißt du was«, ich riss die Augen wieder auf und funkelte sie an, »ich werfe sie jetzt weg! Dann kannst du deine positive Energie im Müll suchen!«

Ehe sie etwas dagegen einwenden konnte, war ich aufgesprungen und stürmte in mein Schlafzimmer, wo ich den Karton erneut vom Schrank herunterriss. Der Deckel sprang auf und ich stand mit einem Mal mitten in einem Regen aus Postkarten, die um mich herum zu Boden flatterten.

Fluchend kniete ich mich hin und wollte die erste wieder zurück in den Karton stecken, um sie alle zusammen in den Müll zu schmeißen, da blieb mein Blick an einer Zeile hängen. Es waren nur ein paar Worte, aber die zitterige Schrift stammte eindeutig von meiner Oma, die ich als Junge vergöttert hatte – und die leider viel zu früh gestorben war. Kurz nach meinem sechsten Geburtstag.

Ich hob die Karte auf und las die Zeilen, die sie mir aus der Klinik geschrieben hatte. Meine Mutter hatte sie mir von dort mitgebracht, weshalb keine Adresse drauf stand:

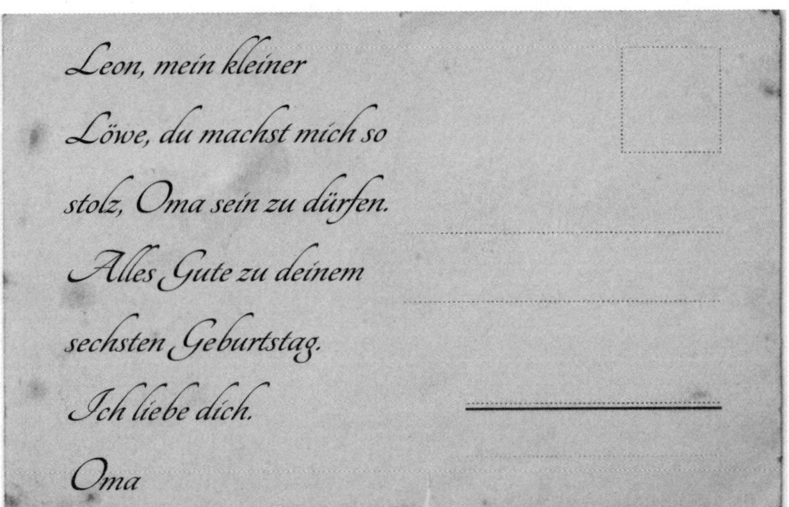
*Leon, mein kleiner Löwe, du machst mich so stolz, Oma sein zu dürfen. Alles Gute zu deinem sechsten Geburtstag. Ich liebe dich.*

*Oma*

Wie erstarrt kniete ich da, die Karte in der Hand, und spürte den Kloß, der sich in meiner Kehle bildete.

Nein, Oma. Du wärst nicht mehr stolz auf mich. Ich war ein Arsch geworden. Ein beleidigender, verkorkster Arsch. Der ›kleine Löwe‹ war zu einer Bestie mutiert, die überall ihre Krallen wetzte und die Zähne fletschte, wann immer sich Gelegenheit dazu bot.

Zum ersten Mal in meinem Leben führte ich mir vor Augen, wie jemand Außenstehendes mich sehen könnte. Als abgefuckten Assi, der alles dafür tat, sich bei seinen Mitmenschen unbeliebt zu machen.

Würde Oma mich immer noch lieben?

Nein. Mit Sicherheit nicht. Sie würde sich für mich schämen.

Verdammt.

»Au!« Ich zuckte zusammen und griff mir an den Hintern, der sich wieder angefühlt hatte, als hätte ich in einem Nadelkissen gesessen.

»Tut weh, oder?«, erklang Felis Stimme hinter mir.

Ich wirbelte zu ihr herum und meine Züge verfinsterten sich im selben Moment. Ich war mir sicher, dass sie nicht die Nadelstiche, sondern die Erinnerung an meine Oma gemeint hatte.

Feli ließ mir keine Zeit, sie anzubrüllen oder wegzuschicken. Denn sie kam ein paar Schritte auf mich zu und als sie die Hand hob, war ich zu langsam, um ihr auszuweichen.

Ohne dass ich es wollte, sah ich mit einem Mal vor meinem inneren Auge einen kleinen braunhaarigen Jungen, der am Krankenbett einer alten Frau saß.

»Oma«, hauchte ich. Der Junge. Ich.

Meine Hände griffen nach ihren, sie waren eiskalt. Doch sie lebte noch, lächelte mich an und ihre müden Augen waren voller Zärtlichkeit auf mich gerichtet.

Auch wenn sie zu schwach war, um zu sprechen, sah ich in ihrem Blick die Liebe, die sie für mich empfand. Und ich spürte, wie mein Herz mit jeder Sekunde, die verstrich, ein bisschen mehr zerriss. Jede Sekunde nahm sie mir weg, entfernte sie von mir. Immer ein bisschen mehr.

Zeit war ein Arschloch! Das LEBEN war ein Arschloch!

»Bleib.« Der Kloß ließ mich nur flüstern. »Bitte.«

Ihre Mundwinkel zuckten ein letztes Mal, als wolle sie mir noch einmal ein Lächeln schenken, dann erstarrten ihre Gesichtszüge, wurden so weich, als würde sie schlafen. Ab jetzt schlief sie für immer. Mit offenen Augen, die auf mich gerichtet blieben. Doch die Seele war aus ihrem Blick verschwunden.

Ein Schluchzen entwich meiner Kehle, mein Kopf sank auf die Matratze des Krankenbetts, während ich ihre erschlaffte Hand mit meinen Fingern festhielt und die Tränen ungehindert über meine Wangen laufen ließ.

Nie hatte ich mich hilfloser gefühlt.

Nie verlassener.

Nie einsamer.

Es schien, als sei ein heller Stern aus meinem Leben gerissen worden – und hätte mich in Dunkelheit zurückgelassen.

Die Hand, die über meinen Rücken strich, gehörte meiner Mutter. Aber sie konnte mich nicht trösten. Niemand konnte das.

Wie auch?

Ich verlor nicht nur meine Oma, sondern auch einen Teil meiner Hoffnung. Einen Teil vom Glauben, dass alles irgendwann gut werden würde. Dass Schmerz und Leid nur bösen Geschichten und Albträumen entstammten. Dass ein gebrochenes Herz eine Redewendung war. Nicht, dass es sich anfühlte, als wäre es tatsächlich entzweigerissen worden.

»Komm zurück«, hörte ich eine leise Stimme an meinem Ohr.

Ich blinzelte und sah wieder Feli vor mir, die mich voller Wärme ansah.

Himmelherrgott … ihre Augen. Sie sahen aus wie die von meiner Oma.

Nein. Sie sah mich nur *so an* wie meine Oma.

Mit genauso viel Wärme, mit genauso viel Zuneigung.

Wie konnte sie bloß, wo ich sie doch so sehr verletzt hatte? Wo ich sie doch einfach nur loswerden wollte?

Der Kloß in meiner Kehle war noch nicht weg, er breitete sich aus, wurde immer größer. Ich spürte, dass ich tatsächlich weinte, denn meine Wangen waren nass und meine Nase lief.

Achtlos wischte ich mit dem Ärmel meines Pullovers über die feuchten Stellen und schniefte.

Was zum Teufel machte dieses Geistermädchen mit mir? Warum fühlte ich mich gerade so elend wie erst ein einziges Mal in meinem Leben?

Feli lächelte, dann strich sie mir mit der Hand über den Kopf, wobei sie sich etwas strecken musste. Ich fühlte ihre Berührung nicht, aber ich konnte mit einem Mal eine Wärme an meinem Hinterkopf feststellen, die überirdisch wirkte. Aus einer anderen Welt. Sie umgab mich, hüllte mich ein, bis ich sie in meinem ganzen Körper, in jeder Faser spürte.

Fühlte sich so Trost an?

Ich wusste es nicht, hatte ihn nie erfahren. Meine Mutter war zu unbeholfen gewesen, mein Vater zu stoisch.

»Du armer Junge, warst ganz allein«, flüsterte Feli. »Wenn ich könnte, würde ich dich jetzt gern umarmen.«

Ich blinzelte und trat einen Schritt von ihr zurück. Die Wärme hörte abrupt auf. »Was soll das?«, fuhr ich sie mit krächzender Stimme an. »Was tust du da?!«

Felis Lächeln blieb, während sie mich musterte. »Du hast gerade erfahren, wie es ist, wenn man sich seinen Gefühlen stellt. Wenn man Trauer zulässt. Und Liebe. Damals, an dem Krankenbett – da hast du begonnen, dein Herz mit einer Mauer zu umgeben. Nicht von einem Tag auf den anderen, aber immer wenn jemand dich verletzte, kam ein neuer Stein hinzu.

Bis die Mauer so groß war, dass du nicht mehr darüber hinwegsehen konntest. Du hast dich selbst isoliert und alle Gefühle ausgeschlossen. Sowohl die positiven als auch die negativen. Eine Zeit lang kamst du mit deinem Glück klar, das du noch aus deiner Kindheit in deiner Erinnerung gespeichert hattest.«

Sie seufzte leise und ihr Blick glitt über mein Gesicht, als suche sie nach etwas. Ich starrte sie unverwandt an, während ich versuchte, ihre Worte zu begreifen. Zu verstehen.

»Doch irgendwann enden positive Gefühle«, fuhr Feli fort. »Das tun sie immer. Sie werden verbraucht, wenn sie nicht immer wieder neu hergestellt werden. Und dann … dann wird die Seele verbittert. Denn negative Gefühle … sie breiten sich aus wie Efeuranken, die an einer Mauer wuchern. Das Herz wird schwarz, da es in Negativität versinkt.« Sie machte eine kurze Pause, während der ich sie stumm betrachtete. »Ich bin hier, um dich zu retten, Leon. Aus dieser dunklen Welt. Meine Aufgabe ist es, dir das Schöne im Leben zu zeigen. Dir zu helfen, deine Mauer einzureißen, Gefühle zuzulassen und das Positive wieder zu ernähren.«

Endlich erwachte ich aus meiner Schockstarre, in die sie mich verfrachtet hatte. Ich hob die Hand und unterbrach sie damit in ihrem Redeschwall. »Halt.« Meine Stimme war nicht mehr tränendurchtränkt, sondern hart und emotionslos. »Willst du mir etwa sagen, du bist so eine Art Geister-Psychologin? Von der Sorte ›Sigmund Freud für ganz arme

Seelen‹? Du verarschst mich doch!« Ich sah sie wütend an. »Diesen Schwachsinn von positiven und negativen Gefühlen hast du bestimmt aus irgendeinem Kitschroman und bindest ihn allen auf die Nase, die empfänglich dafür sind! Bin ich aber nicht! Und werde ich nie sein! Du vergeudest deine Zeit mit mir, Kleine!«

Felis Lächeln blieb wie eingemeißelt auf ihrem Gesicht, auch wenn ich in ihren dunklen Augen einen Hauch von Ärger aufblitzen sah. »Siehst du? Du tust es immer noch.« Sie warf die Hände in die Luft und begann, in meinem Zimmer auf und ab zu wandern. »Eben noch hast du einen kleinen Stein aus der Mauer entfernt und zum ersten Mal seit langer Zeit die Sonnenstrahlen draußen gesehen. Aber kaum hast du diese fremde Wärme gespürt, stopfst du das Loch wieder zu, weil du Angst davor hast, dass die Sonne dich verbrennen könnte.« Sie wirbelte herum, kam wieder auf mich zu. »Dabei liegst du so falsch, Leon. Glück und Liebe verbrennen dich nicht. Sie *wärmen*, geben Geborgenheit. Und ja, es tut weh, wenn sie gehen, aber das Ziel ist es, immer wieder danach zu suchen, sie festzuhalten, solange sie bei einem bleiben, und sich daran zu wärmen, daran zu erfreuen.« Sie seufzte und schüttelte dann den Kopf, während sie mir einen bedeutungsvollen Blick schenkte. »Aber es ist normal, dass du das nicht sofort erkennen kannst. Es ist für Menschen nun mal schwer, sich zu ändern. Immerhin sind wir heute einen Schritt weitergekommen. Das ist ein guter Anfang.«

»Anfang wofür?«, brummte ich, während ich mich wieder bückte, um die Postkarten einzusammeln.

Feli sollte aufhören, sich an meinem verweinten Gesicht zu ergötzen. Es war mir peinlich, überhaupt solch einen Gefühlsausbruch gehabt zu haben. Das würde NIE wieder vorkommen!

Sie und ihr dummes Gerede von Sonnenschein, Glück und Liebe! Zur Hölle damit! Ich hatte das vor ihrem Auftauchen auch nicht gebraucht!

»Ein Anfang für ein schöneres Leben«, beantwortete Feli meine Frage, während sie mir half und wie von Geisterhand (ja, die Ironie dieser Metapher war mir sehr wohl bewusst!) Postkarten in den Karton schweben ließ. Jetzt wusste ich auch, wie sie die vom Schrank herunterbekommen hatte.

Als wir fertig waren, verschloss ich die Kiste wieder mit dem Deckel und stand auf. »Weißt du, du klingst wie eine …«

»Glücksbringerin«, unterbrach sie mich mit einem hellen Lachen. »Das wolltest du doch sagen, nicht?«

Als ich sie ansah, begegnete ich einem amüsierten Schmunzeln. Ihre Augen funkelten regelrecht, während sie mich abwartend musterte.

Ich war mit einem Mal nicht mehr in der Stimmung, mich mit ihr zu fetzen. »Meinetwegen Glücksbringerin.« Ich wandte ihr den Rücken zu, um die Kiste zurück auf den Schrank zu stellen.

Dass ich die Postkarten eigentlich in den Müll hatte schmeißen wollen, fiel mir erst ein, als ich wieder im Wohnzimmer saß und den Fernseher anschaltete. Das einzige Gerät in dieser Wohnung, das neben der Mikrowelle noch zu laufen schien.

Zum Teufel noch eins! Diese Feli ging mir mit ihrer Hobbypsychologen-Gehirnwäsche langsam gehörig auf den Sack!

# 6

## Selbstgespräche mit einem Geist

Ich wachte auf und mein Schädel brummte. Nichts Ungewöhnliches eigentlich. Es kam öfter vor, dass ich einen über den Durst trank. Daher war ich eher erstaunt darüber, dass nicht nur mein Schädel, sondern auch noch meine Gliedmaßen schmerzten, als hätte ich gestern ein Kardio- und Muskeltraining gehabt und wäre danach noch Basketball spielen gegangen – als Korb, versteht sich.

»Na, endlich wach?«, erklang Felis Stimme neben mir und ich stöhnte auf.

Ich hoffte so sehr, dass sie eine reine Einbildung war, doch sie zeigte mir leider nur allzu deutlich, dass ich sie mir nicht einbildete. Dass sie echt war. So gut es eben als Geist ging.

»Geh weg«, brummte ich und drehte mich herum.

»Du bist krank.«

Es war kein Vorwurf oder eine Belehrung, sondern eine reine Feststellung.

Ich knurrte dennoch in mein Kissen – das sollte ihr Antwort genug sein. Mein Schädel fühlte sich an, als hätten tausend Bohrmaschinen versucht, ihn über Nacht aufzubrechen, und als ich mich herumwälzte, schrien meine Arm- und Oberschenkelmuskeln gemeinsam auf.

Mist. Ich war tatsächlich krank.

In all den Jahren, in denen ich in dieser Wohnung allein lebte, war ich noch nie krank gewesen. Nicht einmal Schnupfen hatte ich gehabt. Aber der gestrige Tag schien mir nicht gut bekommen zu sein. Mein Hals schmerzte, als ich schluckte.

»Du solltest dich heute von der Arbeit abmelden«, kam der Ratschlag von meiner Bettkante.

Wieder brummte ich, sah jedoch nach ein paar Sekunden ein, dass sie recht hatte. So wie ich mich derzeit fühlte, konnte ich nicht auf der Arbeit erscheinen.

Dann kam mir noch etwas in den Sinn …

»Du hast gut reden, Fräulein Schlaumeier«, bemerkte ich. »Ich habe kein Handy mehr – deinetwegen! Ich kann mich nicht krankmelden.«

Auch wenn ich sie nicht ansah, so konnte ich hören, wie sie schuldbewusst die Luft einsog. »Nun … da ist was dran … Gut nur, dass du gleich Besuch bekommen wirst. Der hat sicher ein Handy dabei.«

Jetzt sah ich sie doch an. »Was? Bist du jetzt etwa unter die Hellseher gegangen?«

Feli schüttelte den Kopf. »Nein, aber ich kann spüren, wenn sich Menschen mit viel Glück oder viel Wut nähern. Und der Mensch, der gerade vor deiner Tür steht, hat …«, sie schmunzelte, »nun, sie hat ein bisschen von beidem – vor allem aber Glück.«

Ehe ich sie fragen konnte, wer es denn sei, klingelte es an der Tür. Ich warf Feli einen letzten skeptischen Blick zu, dann kämpfte ich mich aus dem Bett. Ich brauchte ein Handy und musste Feli recht geben: In der heutigen Zeit hatte jeder eins dabei. Sicher auch die Person, die vor meiner Tür stand.

Ohne mir die Mühe zu machen, mehr als Boxershorts anzuziehen, torkelte ich zur Wohnungstür. Mein Körper fühlte sich fiebrig an und meine Beine so schwach, dass ich erstaunt war, ohne hinzufallen zu meinem Ziel zu gelangen.

Als ich die Tür öffnete, tat ich einen erschrockenen Schritt zurück. Denn wen ich da vor mir sah, war …

»Feli?« Meine Stimme krächzte.

Das Katholikenmädchen sah mich unter seinem Pony herauf an und öffnete den Mund, als wolle es etwas sagen, aber es kam nur ein »Oh« heraus, während sein Blick über meinen nackten Oberkörper glitt, an meinen Tattoos und schließlich an meiner Boxershorts hängen blieb.

Feli in Fleisch und Blut vor mir zu sehen, war irgendwie … gruselig. Surreal. Abgefuckt. Sie hatte sich umgezogen, trug nun eine dunkle Jeans und ein grünes Shirt, das ihre Haarfarbe leuchten ließ. Darüber eine braune Jacke. Anscheinend gab es in der Geisterwelt doch eine Shoppingmeile.

»Reicht es dir nicht, mich als Geist heimzusuchen? Musst du jetzt auch noch in echt mein Leben zur Hölle machen?«, fuhr ich sie an.

Feli legte den Kopf schief und blinzelte verwirrt. »Ich heiße nicht Feli, sondern Stella«, erklärte sie dann. »Bist du krank? Du scheinst zu fantasieren … Hast du Fieber?«

Ehe ich es mich versah, trat sie einen Schritt näher, hob die Hand und legte sie an meine Stirn.

»Oh, du glühst ja regelrecht«, stellte sie erschrocken fest.

Ich wich vor ihr zurück und versuchte, eins und eins zusammenzuzählen.

Das hier vor mir war also nicht Feli. Sie hieß Stella und war das Mädchen, dessen Körper Feli in ihrer Geistergestalt angenommen hatte.

Aber warum zum Teufel war Stella zurückgekommen, nachdem ich sie derart angemacht hatte?! Was tat sie hier? Warum …

Ich konnte keine meiner Fragen stellen, denn in dem Moment ging Stella kurzerhand an mir vorbei in meine Wohnung.

»Du brauchst Medizin und heißen Tee«, meinte sie, als sie sich im Flur umsah und dann in Richtung Küche steuerte. »So wie ich dich einschätze, hast du nichts von all dem hier, oder?«

Ich folgte ihr perplex durch meine Wohnung. »Was soll das?«, maulte ich. »Bist du eine masochistische Samariterin oder so? Brauchst du täglich jemanden, der dir Beleidigungen an den Kopf wirft? In dem Fall bist du hier richtig, ich bin nämlich …«

Feli – äh … Stella – fuhr zu mir herum und sah mich mit funkelndem Blick an (okay, sie sah echt zum Anbeißen aus, wenn sie ihr Temperament zum Vorschein brachte – okay, dass ich sie zum Anbeißen fand, musste definitiv daran liegen, dass ich Fieber hatte). »Ich bin hier, um mich für die Ohrfeige zu entschuldigen«, erklärte sie in hoheitsvollem Tonfall. »Das machen anständige Menschen nämlich so.« Dann drehte sie sich wieder von mir weg und begann, meine Küchenschränke zu durchwühlen. »Wo hast du den Tee versteckt?«, fragte sie.

»Anständige Menschen durchwühlen also den Besitz von Fremden?« Ich verschränkte die Arme vor der Brust und lehnte mich an den Türrahmen. Mir war schwindelig, aber ich wollte vor ihr keine Schwäche eingestehen. Daher schickte ich noch ein abfälliges Schnauben hinterher, um ihr zu verdeutlichen, was ich davon hielt, dass sie einfach in meine Wohnung geplatzt war. »Ich könnte ein Triebtäter oder Vergewaltiger sein«, fuhr ich fort. »Du bist selten dämlich, einfach in die Wohnung eines Fremden zu gehen!«

Wieder drehte sie sich zu mir herum und ihre dunklen Augen sprühten Funken, während sie einen Schritt auf mich zukam. »Du bist kein Triebtäter oder Vergewaltiger«, stellte sie in sachlichem Tonfall fest. »Du bist ein Knurrer, kein Beißer.«

Ich schob die Augenbrauen zusammen und unterdrückte das Knurren (das hätte sie nur in ihrem Vorwurf bestätigt), das mir in der Kehle brannte. Stattdessen schenkte ich ihr einen ebenso flammenden Blick wie sie mir. »Hau ab, ich kann allein Tee kochen«, fuhr ich sie verärgert an.

»Du kannst ja kaum allein stehen«, bemerkte sie und deutete mit dem Kinn auf den Türrahmen. »Ich bin sowieso gerade dabei, Karmapunkte zu sammeln. Da kann ich gleich damit beginnen, einem miesepetrigen Troll zu helfen.«

»Hast du mich etwa gerade beleidigt?« Ich hob eine Augenbraue. »Machen das etwa solch *anständige* Menschen wie du?«

»Ich habe nur eine Tatsache erwähnt«, rechtfertigte sich Stella und fand endlich eine uralte Verpackung mit Pfefferminztee. »Leg dich hin, ich bringe ihn dir. Selbst Trolle müssen gepflegt werden.«

»Ach?« Meine zweite Augenbraue folgte der ersten.

»Ja.« Sie holte einen Topf aus einer Schublade und begann, Wasser zu kochen.

»Und wenn ich jetzt eine Freundin hätte, die demnächst kommt, um sich um mich zu kümmern?« Ich blieb an Ort und Stelle stehen und beobachtete die rothaarige Frau, die sich so selbstverständlich in meiner Küche bewegte, als sei es ihre eigene.

»Du hast keine Freundin. Länger als einen Tag würde es keine Frau mit dir aushalten.« Stella sagte es, ohne sich zu mir umzudrehen, und daher entging ihr leider auch der wütende Blick, mit dem ich ihren Rücken taxierte.

*Na warte, Kleine! So verkorkst, wie du denkst, bin ich nicht!*

»Bist du doch«, erklang eine belustigte Stimme, die der von Stella zum Verwechseln glich, jedoch einen leichten Nachhall mit sich brachte, was mir erst jetzt auffiel.

»Sei still«, knurrte ich Feli an, die hinter mir im Türrahmen erschien.

Anscheinend konnte Stella ihren Geisterzwilling nicht hören, sie reagierte nämlich nicht auf Felis Erscheinen. »Was hast du gesagt?« Sie drehte mir den Kopf zu und sah mich stirnrunzelnd an.

»Nichts«, wiegelte ich ab und funkelte Feli an, die jetzt neben mir stand und mich unschuldig musterte. »Ich bin im Schlafzimmer.«

Ich gab dem Geistermädchen mit einer Kopfbewegung zu verstehen, dass sie mir folgen sollte. Zum Glück schien sie zu begreifen, denn ich spürte regelrecht die kühle Aura, die sie ausstrahlte, während sie hinter mir her zurück ins Schlafzimmer schwebte.

»Was soll das?«, zischte ich, als wir allein waren. »Werde sie los, auf der Stelle!«

Feli betrachtete mich mit einem leichten Schmunzeln auf ihren Lippen. »Und wie stellst du dir das vor, Leon? Soll ich vor ihr auftauchen und ›Buh‹ sagen? So funktioniert …«

»… das nicht«, knurrte ich ihren Satz zu Ende. »Jaja, schon verstanden. Aber ich will sie nicht hier haben! Ich kenne sie nicht und dass sie mit einem Mal solche Samaritergefühle entwickelt, finde ich alles andere als normal. Wer weiß, vielleicht ist sie eine Stalkerin, die …«

Nun unterbrach mich Felis glockenklares Lachen, das mir auf der Stelle guttat. So gut, dass ich beinahe vergaß, dass sie ein Geist war.

»Leon, lieber Leon«, meinte sie immer noch kichernd. »Der Tag, an dem du dich vor einer Stalkerin retten musst, an dem Tag werden du und ich Sex haben.«

Ich sah sie stirnrunzelnd an. »Du sagtest doch, das geht nicht …«

»Eben«, grinste sie. »Und jetzt lasse ich euch zwei allein. Vergiss nicht: Lass das Gute an dich ran, dann bekommst du deine Glückseligkeit schneller, als du ›Troll‹ sagen kannst.«

Sie zwinkerte mir noch einmal verschwörerisch zu, dann löste sie sich in Luft auf.

Herrlich. Ein Glücksgeist, der auch noch Kupplerin spielen wollte! Womit hatte ich das bloß verdient?!

»Du führst Selbstgespräche? Machst du das immer oder nur, wenn du krank bist?« Stella erschien in der Tür, in ihren Händen ein Tablett mit einem Krug Tee und einer Tasse. Sie stellte beides neben dem Bett auf den Nachttisch. Ohne eine Antwort auf ihre Frage abzuwarten, deutete sie auf meine zerwühlten Laken. »Leg dich hin, du solltest nicht nackt herumlaufen. Das macht die Grippe nur noch schlimmer.«

»Ja, Mama«, brummte ich.

»Du kannst mich nicht beleidigen«, meinte Stella mit gelassenem Blick. »Dafür müsstest du mir etwas bedeuten. Tust du aber nicht.«

»Und warum bist du dann noch hier?«

»Weil ich dich etwas fragen wollte.«

»Ich dachte, du wärst hier, um dich zu entschuldigen?« Ich sah sie abwartend an, ohne mich vom Fleck zu rühren.

»Das auch. Sieh das hier als Entschuldigung an.« Sie deutete auf die Kanne, aus der der Tee dampfte. »Und jetzt bist *du* dran. Du hast mir beleidigende Dinge an den Kopf geworfen. Denkst du nicht, dass da eine Entschuldigung fällig wäre?«

Einen Moment lang war ich versucht, ihr weitere Beleidigungen an den Kopf zu werfen, dann atmete ich jedoch tief durch und setzte mich endlich auf den Bettrand.

»Nun?« Sie verschränkte die Arme und sah auf mich herunter.

Mein Blick glitt an ihrem nicht unansehnlichen Körper entlang nach oben bis zu ihren Augen, die abwartend auf mich gerichtet waren. »Du kannst echt froh sein, dass ich kein Vergewaltiger bin«, sagte ich in gehässigem Tonfall. »Sonst hätte ich dich längst ins Bett gezerrt und mal so richtig gef…«

»Da! Du tust es schon wieder.« Stella verzog ihren Mund. »Machst du das immer so? Hast du nicht einmal die Größe, dich für etwas zu entschuldigen? Du tust mir wirklich leid, weißt du das?«

Ich schloss kurz die Augen, in der Hoffnung, dass diese Stella nur ein Fiebertraum war, der sich verflüchtigte, wenn ich fest genug daran glaubte.

Leider stand sie immer noch vor mir, als ich die Lider wieder öffnete.

»Nun?«, wiederholte sie.

»Entschuldigung«, knurrte ich und spürte, wie ich mit jeder Sekunde, in der diese Stella hier im Zimmer stand, das verlor, was ich so sehr liebte: Macht.

Feli war ja schon nervig gewesen, aber immerhin verdünnisierte sie sich ab und an. Aber diese Stella … Sie stand vor mir, die Arme vor ihrer Brust verschränkt und das Kinn etwas erhoben. Sie war noch nerviger als zehn Felis zusammen. Und … echter. Leider.

»Gehst du jetzt?«, fragte ich sie ungehalten.

»Kommst du zurecht?« Sie legte den Kopf schief.

»Ich brauch dich nicht«, fauchte ich. »Geh. Ich habe für heute echt genug von rothaarigen Mädchen.«

Auch wenn sie die Stirn runzelte, da sie aus meinem zweiten Satz nicht wirklich schlau wurde, nickte sie. »Okay. Aber ich werde wiederkommen, denn ich muss dich noch etwas Wichtiges fragen. Erhol dich gut.«

Damit drehte sie sich herum und verließ (endlich!) mein Schlafzimmer.

Ich seufzte leise auf und schlüpfte unter die Bettdecke, die sich angenehm kühl auf meinem Körper anfühlte, während ich inständig hoffte, dass ich für heute in Ruhe gelassen würde. Ich wollte einfach nur schlafen und die ganzen Gedanken an irgendwelche Tussen (egal ob durchsichtig oder undurchsichtig), die irgendetwas von mir wollten, zur Seite schieben.

Leider merkte ich erst, als die Tür ins Schloss fiel, dass ich Stella gar nicht um ihr Handy gebeten hatte.

Fluchend stieg ich wieder aus dem Bett, zog eine Trainingshose und einen Pulli an und kämpfte mich zur Telefonzelle, um meinen Chef anzurufen.

Dieser Tag konnte nur noch besser werden …

# 7

## Lass mich, ich will leiden

Der Tag wurde nicht besser, auch wenn ich das meiste davon verschlief. Der Tee war schon lange kalt, als ich aus einem fiebrigen Traum erwachte, in dem zwei rothaarige Mädchen sich nackt in meinem Bett geräkelt hatten (und nein, deswegen war mir nicht heiß – also nicht *nur* deswegen).

*Himmelherrgott, sie ließen mich nicht einmal in meinen Träumen in Ruhe!*

Als ich blinzelte, saß Feli auf meinem Bett. Dass sie keinerlei Abdrücke auf meiner Decke hinterließ, hätte mich gruseln sollen, aber ich war schon längst über den ›ein Geist, ich schrei mal hysterisch‹-Status hinaus.

»Und, wie geht es dir?«, fragte die rothaarige Nervensäge, während sie mich neugierig musterte.

»Wie sollte es mir schon gehen?«, brummte ich und fuhr mir mit dem Handrücken über die Stirn. Sie war nass geschwitzt und glühte. »Hau ab und lass mich schlafen.«

Meine Laune war auch im Normalfall nicht die beste, wenn ich gerade dabei war, aufzuwachen. Und diese Geistertussi trug nicht dazu bei, das zu ändern.

Feli legte den Kopf schief, wie sie es immer tat, wenn sie eben *nicht* tat, was ich wollte. »Vielleicht solltest du zum Arzt gehen, du siehst nicht gut aus.«

»Danke«, stöhnte ich, während ich mich im Bett herumwälzte, auf der Suche nach einer kühlen Stelle auf dem Kissen.

Die gab es jedoch nicht. Nichts konnte die Hitze in mir eindämmen. Meine Glieder schmerzten noch stärker als am Morgen und fühlten sich gleichzeitig so schwach an, als wäre ich im Schlaf hundert Jahre gealtert.

»Geh«, wiederholte ich, als ich Felis Präsenz immer noch spürte. Ihre kühle Aura war das einzig Wohltuende. Dennoch wollte ich sie nicht hier haben. Ich wollte allein leiden. Das taten Männer schließlich so.

»Nö.«

»Nö?« Ich wälzte mich wieder zu ihr herum, damit sie meinen (hoffentlich genügend verärgerten) Gesichtsausdruck sah.

Sie lächelte mich unbeeindruckt an. »Ich muss die Gunst der Stunde doch nutzen, dass du beinahe widerstandslos im Bett liegst, Leon.«

Ich verdrehte die Augen. »Gunst der Stunde?«, grunzte ich. »Du meinst, du willst jetzt doch noch versuchen, Sex mit mir zu haben?« Ich sagte es so abfällig, dass kein Zweifel daran blieb, dass ich eher mit Marilyn Manson rumgemacht hätte, als einen hundertjährigen Geist auch nur anzurühren. Selbst wenn er in der nicht so unattraktiven Hülle eines menschlichen Mädchens steckte.

Ihr Lächeln blieb auf ihrem Gesicht, als wäre es dort festgetackert. »Leon, Leon«, summte sie. »Wann wird diese Wut in dir endlich verschwinden?«

Ich knurrte zur Antwort und drehte ihr wieder den Rücken zu. Mein Kopf schmerzte, mein Hals war trocken und mein Körper glühte. Ich war eindeutig nicht in der Stimmung, mich mit diesem Grinse-Geist auseinanderzusetzen.

Feli holte leise Luft und seufzte. »In Ordnung, ich kann verstehen, dass du im Moment andere Sorgen hast als die fehlende Glückseligkeit«, meinte sie dann einsichtig. »Dennoch wäre das hier ein guter Zeitpunkt, um mit dir über deine Verfehlungen zu sprechen.«

»Verfehlungen?«

*War sie jetzt zur Richterin mutiert?*

»Ja, Verfehlungen.« Ich hörte sie beinahe nicken. »Du hast in deinem bisherigen Leben ziemlich viel falsch gemacht, weißt du das? Man hat immer die Wahl zwischen mehreren Wegen. Und du hast stets den steinigsten genommen.«

»Verschon mich mit deinem Psychologengesülze«, fauchte ich.

»Das hat nichts mit Psychologie zu tun. Das nennt man Leben«, erwiderte sie.

Ich verdrehte erneut die Augen – was sie nicht sehen konnte, da ich ihr immer noch den Rücken zugedreht hatte. »Nenn es, wie du willst. Das ändert nichts an der Tatsache, dass du nervst.«

»Nerven bedeutet, dass man einen Nerv trifft«, schickte Neunmalklugchen hinterher.

»Dir gehen die Kalendersprüche wohl nie aus.«

»Das verhält sich in etwa ähnlich wie mit deinen Beleidigungen, Leon. Ich habe mindestens genauso viel Übung.«

Ich hörte ihr belustigtes Lachen und stöhnte in mein Kissen.

Dann räusperte sie sich. »Also. Lass uns die Zeit nutzen, ja? Ich mag dich zwar und helfe dir gern, aber jede Minute, die ich hier mit dir verbringe, müssen andere meiner Schützlinge auf meine Anwesenheit verzichten.« (Die Glücklichen!) »Und das bedeutet, dass sie noch länger auf ihren steinigen Pfaden wandeln müssen.« (Ich konnte mir weitaus Schlimmeres vorstellen – zum Beispiel einen nervtötenden Geist auf der Bettkante, während man selbst im Fieberkoma lag.) »Wir haben schon gute Fortschritte erzielt. Du warst zumindest schon so weit, das Glück deiner Vergangenheit an dich heranzulassen.« (Wenn sie mich jetzt auf die peinliche Heul-Aktion wegen Omas Postkarte ansprach, würde ich ausrasten!) »Dass du die Tränen zulassen konntest, bedeutet, dass da noch Gefühl in dir ist.« (Okay, ich war zu schwach zum Ausrasten. Aber ein Knurren kam mir dennoch über die Lippen.) »Daran können wir anknüpfen. Es gibt drei Arten von Glück, welche die Glückseligkeit ausmachen. Das der Vergangenheit, das der Gegenwart und das der Zukunft.« (Ich hätte jetzt alles für Ohropax gegeben.) »Die Gegenwart ist am schwierigsten zu begreifen. Die Vergangenheit wird oft überlagert von den negativen Gefühlen. Die Zukunft ist die einfachste, da ihr Menschen darauf programmiert seid, nach vorn zu blicken.« (Ich hörte nicht mehr wirklich zu.) »Glück, das euch winkt, treibt euch an. Aber es im Hier und Jetzt zu erkennen, bedeutet, dass man innehalten muss. Und dafür sind Menschen nicht geschaffen.«

»Wann hörst du endlich auf, zu schwafeln?«, stöhnte ich.

»Wenn du begriffen hast, was ich dir sagen will.«

»Dann fass dich kürzer.«

»Tu ich ja schon.«

So langsam konnte ich auch in Felis Stimme Ärger erkennen, was mich wieder milder stimmte. Es gab nichts Nervtötenderes, als wenn mein Gegenüber nicht auf meine Provokationen ansprang. Feli schien zwar ein dickes (rotes) Fell zu besitzen, aber selbst ihre Nerven kannten Grenzen, das hatte sie mir mit ihrer Postkartenorgasmus-Aktion bewiesen. Und auch wenn ich mich alles andere als kräftig fühlte, so bereitete es mir immer noch Genugtuung, zuzusehen, wie sie die Beherrschung verlor.

Womöglich würde ich sie gleich wieder lustvoll stöhnen hören, während sie sich an meinen Postkarten vergriff. Das war es mir allemal wert.

Deswegen drehte ich mich nun auch wieder zu ihr um und schenkte ihr den herablassendsten Blick, den ich auf Lager hatte. »Dein Gefasel von Glück kannst du dir sonst wohin stecken. Laber deine anderen ›Schützlinge‹ damit zu. Dieser hier will einfach nur in Ruhe gelassen werden. Ich bin krank und leide schon genug.«

Felis Lächeln war aus ihrem Gesicht verschwunden (Yes!) und ihre dunklen Augen wirkten nachdenklich. »Ich hatte so gehofft, dass du …«

»Hoffnung ist etwas für Lebende. Du bist tot, Mädchen! Ein Geist!«, unterbrach ich sie barsch.

Sie nickte und schlug die Augen nieder. »Du hast recht. Ich lebe nicht. Zumindest nicht so, wie ihr Menschen es als ›Leben‹ bezeichnet. Ich befinde mich in einer anderen Dimension, einem transzendenten Zustand. Und dennoch lebe ich viel mehr, als du es jemals tun wirst, wenn du nicht aufhörst, dich und alles um dich herum zu hassen und zu verabscheuen.« Als sie den Blick hob, funkelten ihre Augen beinahe wie die von Stella. »Ich gebe dich jedoch nicht so rasch auf wie du dich selbst. Ich komme wieder. Sobald es dir besser geht. Du solltest wirklich zum Arzt gehen, ich möchte nicht einen weiteren Schützling wegen einer Lappalie verlieren.«

Ehe ich irgendetwas sagen konnte, löste sie ihr bisschen Präsenz in Luft auf und war verschwunden.

Nur ihr Stirnrunzeln war geblieben – auf meiner glühenden Stirn, während ihre Worte in meinem Kopf nachhallten.

Irgendetwas in mir versuchte, darüber nachzudenken, was sie gesagt hatte. Aber meine Gedanken waren zu wirr und mein Körper zu schwach. Daher driftete ich bald wieder in einen unruhigen Schlaf – dieses Mal zum Glück ohne irgendwelche rothaarigen Gören.

Als ich erneut erwachte, war es mitten in der Nacht. Da ich den ganzen Tag nichts gegessen hatte, spürte ich meinen leeren Magen und raffte mich auf, um in der Küche nach etwas Essbarem zu suchen. Zum ersten Mal in meinem Leben verfluchte ich meine wenig vorausschauende Art des Einkaufs, denn ich fand nur einen verschrumpelten Apfel und ein paar Bonbons. Aber besser als nichts.

Nach kurzem Überlegen setzte ich neuen Tee auf und kam nicht umhin, an Stella zu denken, die vor ein paar Stunden genau hier gestanden und wie selbstverständlich Tee für mich gekocht hatte.

Stella … was für ein eigenartiger Name.

Wer nannte seine Tochter bloß so? Es klang eher nach einem Pony als nach einem Mädchen. Und dennoch … sie ging mir nicht mehr aus dem Kopf. Ihre Art, wie sie mich angesehen hatte. So herablassend, so provozierend, so … unerschrocken? Ja, sie war unerschrocken gewesen. Und mutig. Und … fürsorglich.

Ich schüttelte den Kopf und griff mir an die Stirn. Keine Ahnung, wann ich zuletzt so viele Gedanken an ein einzelnes Mädchen verschwendet hatte. Okay. An Feli hatte ich auch schon viele (sehr viele!) Gedanken verschwendet. Aber sie drängte sich mir ja auch tagtäglich auf, ließ mich nicht in Ruhe mit ihrem ewigen Geschwafel von Glückseligkeit.

Stella … Ja, sie hatte sich mir auch aufgedrängt. Diese Gemeinsamkeit besaß sie mit Feli. Und dennoch war da etwas … Zurückhaltendes gewesen. Fast schon Schüchternes. Und das war das, was mich faszinierte, denn sie hatte mir diese zurückhaltende, scheue Art beim letzten Mal nicht gezeigt. Im Gegenteil. Sie war tough gewesen.

Ob sie wirklich wieder herkommen würde? Und falls ja, was war diese Frage, die sie mir so unbedingt stellen wollte? Hatte es etwas mit mir zu tun? Mit ihr? Oder etwas anderem?

Mann … ich tat es schon wieder: Gedanken an ein Mädchen verschwenden, das eigentlich keinen Gedanken wert war.

Früher – vor Felis Auftauchen – wäre ich in diesem Moment an den PC gestürmt oder hätte zumindest nach meinem Handy gegriffen, um irgendwelche Leute im Netz runterzumachen und mich wieder besser zu fühlen.

Aber dieses bescheuerte Geistermädchen hatte mir beides genommen. Ich hatte meinen PC gestern Abend noch untersucht – mausetot. Keine Ahnung, wie Feli das hinbekommen hatte, aber der Bildschirm blieb ebenso schwarz wie der meines Telefons, wenn ich ihn anstellen wollte.

Ich knurrte beim Gedanken daran, dass ich nun von irgendwoher einen neuen PC und ein neues Handy bekommen musste. Ich war nicht reich und konnte mir nicht einfach mal so zwei neue Geräte kaufen. Zumindest, solange ich nicht auf die Hilfe meiner Eltern zurückgriff. Was ich nicht tun würde! Das würde sie nur davon überzeugen, dass ich ein nutzloser Loser war, der nichts auf die Reihe bekam (als ob sie ihr Leben so viel besser im Griff hätten …). Vielleicht hätte einer meiner Kumpel eine Idee. Aber dafür musste ich erst mal wieder auf die Beine kommen.

Der Tee kochte und ich brühte mir eine Kanne voll auf, ehe ich mich wieder ins Bett schleppte. Alles tat weh – jede Bewegung.

Als ich wieder unter der Decke lag und meinen Tee aus der Tasse schlürfte, begann mein Körper unkontrolliert zu zittern. Meine Zähne klapperten, meine Finger konnten die Tasse kaum halten. Mir war noch nie so elend zumute gewesen wie in diesem Moment. Es war aber auch wahnsinnig kalt in meinem Zimmer …

Erst glaubte ich, dass Feli zurück sei, doch als sie nicht auftauchte, musste ich feststellen, dass ich wohl Schüttelfrost hatte. Hinzu kam ein nervtötender Reizhusten, der schon bald dazu führte, dass meine Lunge sich anfühlte, als würde sie zerreißen.

Irgendwann driftete ich in einen Dämmerzustand, aus dem ich jedoch immer wieder aufschreckte, weil ich glaubte, beobachtet zu werden.

# 8

# Schlümpfe, überall Schlümpfe

Als es klingelte, war ich sicher, dass es noch nicht Morgen sein konnte. Doch ein kurzes Blinzeln zeigte mir, dass die Sonne durch mein Fenster schien und einen neuen Tag ankündigte.

Ich stöhnte leise und trank einen kalten Schluck Tee, um meine staubtrockene Zunge zu befeuchten. Dann sah ich auf den alten Wecker, der immer noch auf meinem Nachttisch stand. Halb acht.

*Wer zum Teufel klingelte so früh an meiner Wohnungstür?!*

Zunächst wollte ich gar nicht öffnen, aber als das Klingeln erneut ertönte, kämpfte ich mich aus dem Bett.

Ich taumelte und versuchte, das Gleichgewicht zu halten. Was mir schrecklich misslang. Mein Körper war auf die rasche

Bewegung nicht vorbereitet, meine Beine schienen aus Pudding zu bestehen und kippten einfach weg. In der Hoffnung, irgendetwas zum Festhalten zu finden, griff ich nach dem Nachttisch – und riss die Lampe, die darauf stand, mit mir zu Boden.

Ein scharfer Schmerz durchzuckte meine Handfläche und ich schrie laut auf (ja, ich schrie – es tat aber auch verdammt weh!).

Ein paar Sekunden brauchte ich, ehe ich mich getraute, blinzelnd meine Hand zu begutachten.

»So eine verdammte …«, begann ich, wurde aber von einem hysterischen Ausruf, der wohl meinen Namen darstellen sollte, unterbrochen.

»Oh mein Gott, was ist denn mit dir passiert?!«

Zwei Hände griffen nach meinen Schultern, drehten mich herum und ich blickte in haselnussbraune Augen, die mich erschrocken musterten. Die Augen wurden noch größer, als sie sahen, dass die Glühbirne zerbrochen war und ein Teil des Glases in meiner Handfläche steckte. Es blutete wie verrückt, als Stella vorsichtig die Scherbe entfernte – und ich stöhnte jetzt so laut, dass ich mir sicher war, dass das ganze Haus gleich angerannt käme, weil sie glaubten, ich würde abgeschlachtet.

Wie Stella reingekommen war, fragte ich mich gar nicht erst – wahrscheinlich hatte ich in meinem Delirium die Wohnungstür gestern Morgen nicht mehr abgeschlossen, nachdem ich von der Telefonzelle zurückgekehrt war.

»Hier, press das auf die Wunde«, wies Stella mich an, während sie hektisch aufsprang und davoneilte.

Ich schloss die Augen und versuchte, den Schmerz irgendwie wegzuatmen, während ich das Stoffstück (war das ihr Schal?), das sie mir eilig gegeben hatte, auf meine Wunde drückte. Leider führte das langsame Atmen nur dazu, dass ich einen Hustenanfall bekam und meine Lunge zu bersten drohte.

»Leon, wir müssen zum Arzt. Auf der Stelle.«

Woher Stella wusste, wie ich hieß, fragte ich mich gar nicht erst. Wahrscheinlich hatte sie es am Türschild abgelesen. Oder sie war – entgegen Felis Behauptung – wirklich eine Stalkerin. Was hieß, dass ich demnächst Sex mit einem Geist haben könnte.

Ehe ich es mich versah, stülpte mir Stella irgendeinen Pullover über den Kopf und half mir, in die Ärmel zu schlüpfen. Danach folgten eine Hose, Socken und Turnschuhe, die sie irgendwo in meiner Wohnung aufgetrieben hatte. Ich wusste die meiste Zeit selbst nicht, wo meine Schuhe waren, daher war das schon fast eine Meisterleistung von ihr.

Der Schal (ja, es war ihr Schal) war bereits durchgeblutet, als sie mir auf die Beine half. Ich stützte mich schwer auf ihre Schulter, während ich versuchte, gerade stehen zu bleiben.

Keine einfache Sache, wenn einem ständig die Knie wegrutschten.

»Dir geht es noch schlechter als gestern, oder?«, murmelte Stella, während sie mich in den Flur führte. »Wir müssen zum Arzt. Du siehst nicht gut aus. Und deine Hand muss genäht werden.«

Ich war zu schwach, um zu widersprechen. Und zu überrumpelt, um mich gegen ihre Fürsorglichkeit zu wehren.

Noch nie hatte mir ein Mädchen einfach so geholfen. Schon gar nicht, wenn ich vorher nichts getan hatte, was diese Hilfe verdient hätte. Ich fühlte mich beschissen und hätte sie am liebsten weggeschickt, um mich in meinem Elend zu suhlen und selbst zu bemitleiden. Aber als wir draußen ankamen und sie mich zu einem Auto brachte, schluckte ich meinen Protest runter und hielt die Klappe.

Ich selbst besaß wie bereits erwähnt kein Auto und Taxi rufen ging auch nicht, da ich kein Handy mehr hatte. Die Telefonzelle befand sich gefühlt auf dem Himalaya und im Bus wäre ich wohl eher krepiert, als zu einem Arzt zu gelangen. Also war ich auf Stellas Hilfe angewiesen – selbst wenn es mich Überwindung kostete. Denn ich musste ihr recht geben: Ich brauchte medizinische Hilfe. Meine Hand blutete noch immer wie verrückt und mein Kreislauf drohte jeden Moment zusammenzubrechen.

Stella drückte mich auf den Beifahrersitz und rannte dann ums Auto herum, ehe sie kurz darauf den Motor startete.

Die Fahrt bekam ich nur am Rande mit. Immer wieder driftete ich in einen Halbschlaf und wachte nur daraus auf, weil meine Stirn regelmäßig gegen die Autoscheibe knallte. Stella besaß einen ziemlich abenteuerlichen Fahrstil.

»Wir sind da«, sagte sie nach einer Weile. Ihre Stimme klang hektisch und kleinlaut zugleich. »Ich hasse Ärzte.«

Ich hob eine Augenbraue und drehte mich fragend zu ihr.

Sie schüttelte jedoch nur den Kopf und winkte ab. »Erklär ich dir später«, meinte sie mit einem fahrigen Lächeln. »Komm, ich bring dich rein.«

Ich nickte und ließ mich von ihr in den Eingangsbereich führen. Alles hier drinnen stank nach Desinfektionsmittel – vermischt mit dem Parfüm der Frau, die uns beim Empfang begrüßte.

»Es ist ein Notfall«, erklärte Stella mit hundertmal festerer Stimme als eben noch im Auto. »Holen Sie meinen Vater, Frau Redding. Auf der Stelle.«

Wieder hob ich eine Augenbraue.

*Stellas Vater war Arzt? Und sie hasste Ärzte?*

Wenigstens erklärte das ihre ›guter Samariter‹-Attitüden.

Zu mehr war mein Gedankengang nicht fähig, denn die parfümierte Frau Redding nickte nach einem Blick auf meine

Hand, die in dem blutdurchtränkten Schal steckte, und ging eilig in ein Nebenzimmer.

Kurz darauf stand ein Mann mit grauen Haaren vor mir, der erst Stella, dann mich und dann wieder Stella betrachtete. Auch ohne ihre Erläuterung konnte ich erkennen, dass er mit ihr verwandt sein musste. Derartige Blicke schenkten nur Väter ihren Töchtern, wenn sie mit einem Typen auftauchten.

Doch ich war zu schwach, um irgendwelche Annahmen (die ihr Vater bestimmt gerade machte) im Keim zu ersticken.

»Kommen Sie mit, junger Mann«, meinte Stellas Vater und ergriff meinen Arm, um mich in ein Untersuchungszimmer zu führen.

Ich stolperte hinter ihm her und versuchte, nicht so unbeholfen zu wirken, wie ich mich fühlte.

Kurz darauf fand ich mich auf einer Liege sitzend wieder, während Stellas Vater das ›Ich Arzt, du Patient, halt still‹-Programm absolvierte. Puls fühlen, Blutdruck und Fieber messen – parallel dazu untersuchte er noch meine Wunde und zwischendurch wurde ich immer wieder misstrauisch beäugt.

Irgendwann nickte er. »Sie brüten da was ziemlich Hartnäckiges aus, junger Mann. Wie heißen Sie?«

»Leon«, murmelte ich.

»Leon.« Der Arzt machte eine kunstvolle Pause. »Ich verschreibe Ihnen ein Medikament. Und die Wunde werde ich nähen. Das tue ich meiner Tochter zuliebe, verstanden?«

»Sie haben doch einen Ärztekodex oder so.« Ich ließ mich von seinem Vater-Getue nicht einschüchtern. »Und ich will nichts von Ihrer Tochter.«

Er schien mich zu ignorieren und holte stattdessen eine Spritze hervor.

Jetzt kehrten meine Lebensgeister wieder zurück. »Ich will keine Spritze!«, protestierte ich.

»Ihnen bleibt keine Wahl, Leon. Entweder die Spritze oder Sie gehen das Risiko einer Blutvergiftung ein.«

Die Tatsache, dass er meinen Vornamen zum Siezen benutzte, verstörte mich nur am Rande. Mein Blick blieb auf die lange Nadel geheftet, die Stellas Vater gerade in aller Ruhe in der Hand hielt und dann in ein kleines Fläschchen versenkte.

Mir wurde speiübel, als ich sah, wie er die Nadel wieder rauszog.

»Sie können die Augen schließen, dann werden Sie es kaum spüren, Leon«, murmelte der Arzt, während er sich mir mit der Spritze in der Hand näherte.

Ich wollte noch etwas sagen. Ihn anfauchen. Protestieren. Aufspringen und davonrennen. Aber das Letzte, was ich hörte, war mein Name, den der Arzt jetzt rief. Dann wurde alles schwarz und ich kippte von der Bahre.

Als ich wieder zu mir kam, sah ich in Stellas Nussaugen, die besorgt auf mich gerichtet waren. Der Untergrund, auf dem ich lag, war hart und als ich mich etwas bewegte, knisterte das Papier, das darauf gelegt worden war. Jemand (der Arzt?) hatte mich wohl zurück auf die Liege verfrachtet.

»Wie geht es dir?«, fragte Stella so leise, als befürchte sie, mich mit lauteren Worten zu erschrecken.

Ich blinzelte und fasste mir dann an die Stirn, die immer noch viel zu heiß war. Meine Antwort war ein uneindeutiges Murren, während ich den Raum nach Stellas Vater absuchte – der glücklicherweise nicht mehr hier war.

*Zum Teufel mit ihm und seiner Spritze!*

»Papa sagte, ich solle ihn rufen, wenn du aufwachst. Er ist gerade in einem der anderen Behandlungszimmer bei einem Patienten«, erklärte sie weiter. »Du scheinst ohnmächtig geworden zu sein, als er dir eine Spritze geben wollte.« Nun erschien ein leichtes Lächeln auf ihrem Gesicht. »Hätte nicht geglaubt, dass du so rasch außer Gefecht zu setzen bist.«

»Ich hasse Spritzen«, brummte ich.

»Das hat Papa gemerkt.« Ihr Lächeln wurde breiter, während sie mit der Hand meinen Arm berührte. »Er hat dir ein Schmerzmittel injiziert und die Wunde genäht. Du hast außerdem ein Arztzeugnis für deine Arbeit erhalten, das dich mindestens drei Wochen krankschreibt – du arbeitest doch irgendetwas, oder?« Sie hob fragend die Augenbrauen.

Was würde sie tun, wenn ich jetzt verneinen würde? Wäre ich besser auf den Beinen, hätte ich das definitiv ausprobiert, um ihr verdutztes Gesicht zu sehen. Mir ging's aber hundeelend, also nickte ich bloß, schloss die Augen und stöhnte. Mein Kopf fühlte sich an, als würde er zu einem Dampfkochtopf umfunktioniert.

»Gut«, hörte ich Stella sagen. »Je nachdem, was du arbeitest, kannst du vielleicht auch schon vorher wieder dorthin. Das kommt drauf an, wie gut deine Hand verheilt und was genau du bei der Arbeit machen musst.«

Sie legte eine Pause ein, in der sie wohl erwartete, dass ich ihr erklärte, was für einer Arbeit ich nachging. Tat ich nicht. Ich hatte überhaupt keine Lust, mich über irgendetwas aus meinem Leben mit ihr zu unterhalten. Das gehörte nicht zusammen. Würde es nie. Nicht in diesem und auch nicht in dem Leben, das Feli gerade als ›transzendente Daseinsform‹ bezeichnete.

»Okay, also ich hole dann mal meinen Vater.«

Ich hörte, wie Stella das Zimmer verließ und wenig später ihr Vater es betrat. Seine Schritte waren um einiges schwerfälliger als ihre.

Nun öffnete ich doch wieder die Augen. Schon allein, um zu sehen, ob er wieder irgendwelche fiesen Arztinstrumente in der Hand hielt. Tat er zum Glück nicht.

Er besah sich nochmals meine Hand und schwafelte dann irgendetwas von ›Medikamenten gegen Schmerzen und das Fieber‹ und wie ich was wann einzunehmen hatte. Ich hörte nur mit halbem Ohr zu, denn meist schrieben Ärzte solches Zeug ja auch auf die Verpackungen drauf.

»So, dann sind Sie entlassen, Leon«, schloss er. »Kommen Sie am Freitag in einer Woche wieder, damit ich mir Ihre Hand ansehen kann.«

Ich nickte erneut und ließ mir von ihm auf die Beine helfen und eine Papiertüte mit irgendwelchem Zeug in die gesunde Hand drücken. Meine Knie waren noch etwas wackelig, aber immerhin schienen die Medikamente auch einen Teil meiner Gliederschmerzen zu tilgen. Ich fühlte mich ein wenig besser als vorhin, als ich hergebracht worden war.

»Bis in einer Woche dann«, verabschiedete sich Stellas Vater.

Als ich ihm danken wollte (nun ja, immerhin hatte er meine Wunde genäht), fiel mir ein, dass ich keine Ahnung hatte, wie er hieß. Mein Blick glitt auf sein Namensschild, das er glücklicherweise trug, und ... ich musste mich wirklich wahnsinnig zusammenreißen, damit mir die Kinnlade nicht herunterfiel. Denn auf dem Schild stand:

Dr. med. Heinz K. Schlumpf

Das ... Okay ... das musste ein schlechter Scherz sein. Oder ein dummer Zufall. Oder beides. Oder aber ich vertrug die Schmerzmittel nicht, die er mir verabreicht hatte, und halluzinierte. Letzteres hätte ich ihm wohl sagen müssen – hätte ich denn überhaupt irgendein Wort herausgebracht.

Heinz K. Schlumpf = HeinzKunoSchlumpf? Von Facebook? Eines meiner Lieblingsopfer, da er so rasch aus der Haut fuhr, wenn er sich wieder mal für die Gerechtigkeit in dieser Welt einsetzte?

Nun gut, es hätte gepasst, aber … Nein, das konnte nicht sein.

Kopfschüttelnd wandte ich mich zum Gehen und murmelte noch ein unverständliches »Danke«, ehe ich das Zimmer verließ. Dort wartete schon Stella (Schlumpf? Echt jetzt? Stella Schlumpf?) und reichte mir hilfsbereit ihren Arm, damit ich mich unterhaken konnte. Ich tat es, auch wenn ich es nicht tun wollte. Aber meine Beine waren noch zu wackelig, als dass ich ihnen zugetraut hätte, selbstständig zum Auto zu gelangen. Also war es das geringere Übel, mich von Schlumpfine stützen zu lassen, während meine Gedanken versuchten, sich ganz aufs Gehen zu konzentrieren.

Wer hätte gedacht, dass ich mich irgendwann in meinem Leben von Papa Schlumpf zusammenflicken lassen würde …

Zurück in meiner Wohnung, versuchte ich, Stella so rasch wie möglich loszuwerden. Es war zwar nett von ihr gewesen, dass sie mich zu ihrem Vater gebracht hatte, der mich (kostenlos, wie sie mir auf dem Nachhauseweg erklärt hatte) verarztet hatte, aber ich hasste es, wenn ich in jemandes Schuld stand.

Selbst wenn Vater und Tochter Schlumpf einen besorgniserregend übertriebenen Helferkomplex an den Tag legten.

Daher stellte ich mich müder und fertiger, als ich mich eigentlich fühlte, und schon bald verabschiedete sich Stella von mir. Nicht aber, ehe sie mich dazu genötigt hatte, eine der roten Pillen, die anscheinend gegen das Fieber waren, mitsamt einem Liter Tee zu trinken.

Als sie endlich die Tür hinter sich schloss, drehte ich seufzend den Schlüssel herum und lehnte mich gegen das Holz.

Okay, ich hatte nicht wahnsinnig viel schauspielern müssen. In Wahrheit war ich so was von fertig – ich wollte nur schlafen.

Dennoch schleppte ich mich eine halbe Stunde später zur Telefonzelle, um meinem Chef Bescheid zu geben, dass ich für die nächsten Wochen wohl ausfiel. Das Arztzeugnis warf ich im nächsten Briefkasten ein, damit er es schriftlich hatte. Dann kehrte ich in meine Wohnung zurück.

Mitsamt meinen Kleidern schlüpfte ich unter die Decke und döste im nächsten Moment weg, obwohl es nicht mal Mittag war.

# 9

## Brühe für die Sockenpuppe

Natürlich war sie wieder da, als ich aufwachte: mein Plagegeist, den ich beinahe vermisst hätte, wenn ich ihn nicht als Erstes am Tag sah. (Nein, haha, so sehr auf Drogen war ich nicht, um diesen Gedanken ernsthaft in Erwägung zu ziehen!)

»Na, geht's dir besser?«

Irgendwie schienen rothaarige Mädchen – egal ob durchsichtig oder undurchsichtig – sich in letzter Zeit ständig nach meinem Befinden erkundigen zu wollen. Sah ich wirklich so erbärmlich aus?

Nun gut, ich *fühlte* mich zumindest ziemlich erbärmlich.

Ich brummte und drehte mich herum, sodass ich ihr den Rücken zukehrte. Eine Millisekunde später merkte ich, dass das Schmerzmittel nicht mehr wirkte – ich stöhnte auf, da ich auf meiner verletzten Hand lag.

»Da lässt man dich EINMAL allein und was tust du? Verletzt dich auch noch selbst«, kommentierte Feli kopfschüttelnd die Reihe von Flüchen, die mir entwich, während ich meine Hand unter meiner Hüfte hervorzog und den Verband begutachtete. Dass sie den Kopf schüttelte konnte ich zwar nicht sehen, da ich ihr immer noch den Rücken zudrehte, aber ich hörte es förmlich in ihrer Stimme.

Während ich mit der gesunden Hand die verletzte abtastete, atmete ich leise auf.

Zum Glück war alles noch heil – so gut es eben ging.

Nun denn, jetzt galt es, dafür zu sorgen, dass die durchsichtige Nervensäge verschwand. Ich hatte keinen Bock auf sie. Noch weniger als sonst.

»Was willst du hier?«, fuhr ich sie also mit aller Kraft an, die ich besaß (was nicht viel war, ich fühlte mich immer noch hundeelend, aber hey, immerhin konnte ich das Ganze mit einem wütenden Knurren untermalen). »Die Postkarten sind da drüben – mach es dir selbst und lass mich in Ruhe!«

Ich hatte mich inzwischen zu ihr umgedreht und sah, wie ihr Gesicht einen fast schon schockierten Ausdruck annahm.

*Sehr schön, ich hatte ins Schwarze getroffen.*

Dann schien sie sich aber zu fangen und holte leise Luft. »Bist du deiner Glückseligkeit schon etwas näher gekommen?«

»Weißt du was? Schick mir die andere Geistertussi. Die, die ich mit ins Casino nehmen kann«, knurrte ich. »Du bringst mir nur Ärger und Schmerzen!«

Als sie nicht antwortete und ich den Blick hob, um zu sehen, was sie tat, lächelte sie. Wieder einmal – wie ich das hasste!

»Leon, Leon. Du kommst der Glückseligkeit näher, ich sehe es.«

»Ach ja?«, fauchte ich und hielt ihr meine verletzte Hand unter die durchsichtige Nase. »Und was ist damit? Sieht SO etwa ›Glückseligkeit‹ aus?!«

Ihr Lächeln verschwand nicht, sie kicherte sogar. Ein kichernder Geist – noch komischer wäre gewesen, wenn sie sich jetzt auf mich geworfen und tatsächlich Sex mit mir gehabt hätte!

»Ach Leon. Du siehst nicht, wie du dich veränderst, oder? Seit wie vielen Tagen hast du nun nicht mehr im Internet herumgesurft und nach ›Opfern‹ für deine Hasstiraden gesucht? Und hast du es vermisst?« Sie hob die Augenbraue und sah mich vielsagend an.

Ich stutzte – aber nur den einen kleinen, schwachen Moment lang, in welchem ich erkannte, dass sie recht hatte. Ich hatte seit einer gefühlten Ewigkeit nicht mehr Leute im Netz provoziert. Komisch, denn es …

»Fehlt es dir?« Sie fuhr mit ihrer durchsichtigen Hand an meiner Wange entlang und hinterließ ein so wohltuendes, kühles Gefühl, dass ich am liebsten ihre Finger auf meine Haut gepresst hätte.

Ging leider nicht, sie war ja – tja, ein Geist eben.

Als ich ihr nicht antwortete, lächelte sie wieder. »Siehst du, es fehlt dir nicht. Du hast nun viel mehr Zeit dafür, dich mit dir selbst und deiner Umwelt auseinanderzusetzen.«

Ich zog die Augenbrauen zusammen und musterte sie genervt. »Und um mir das ›beizubringen‹, musstest du mir echt den Computer und das Handy kaputt machen? *Dafür* musstest du mich krank machen, sodass ich zu irgendeinem Arzt fahren musste, der genauso heißt wie mein …«

Ja, wie bezeichnete man eigentlich den Kerl, den man regelmäßig beleidigte? Opfer? Lieblings-online-Prügelknabe? LoP?

Aus Ermangelung irgendwelcher Bezeichnungen holte ich tief Luft und schenkte ihr einen so finsteren Blick, dass kein Zweifel daran bestand, dass es nicht einmal eines Meteorologen bedurfte, um eine nahende Gewitterfront zu prophezeien.

Feli sah mich mit schief gelegtem Kopf an, dann erhob sie sich vom Bettrand und begann, langsam in meinem Zimmer herumzuwandeln. Was mich gegruselt hätte, wäre sie nicht so eine Nervensäge gewesen.

»Mal sehen«, begann sie. »Ich habe dir inzwischen viel darüber beigebracht, was ich tue und wofür ich hier bin.« Sie hob den Blick und sah mich abschätzend an. »Du kommst deinem Ziel, dich nicht mehr wie ein asozialer Honk zu benehmen, mit jedem Tag ein Stück näher.«

»Asozialer Honk?«

Hatte sie das tatsächlich gerade gesagt?! Durfte ein Glücksgeist so beleidigend werden?? Und *ich* durfte in ihrer Gegenwart nicht einmal herzhaft fluchen?!?

Feli ging nicht auf meine Empörung ein, sondern fuhrt fort: »Du scheinst zu erkennen, dass es Grenzen in deinem Leben gibt. Grenzen, die du nur mithilfe anderer überwinden kannst. Was schwierig ist, wenn du alle anderen von dir wegstößt. Dann bleibst nur … nun, nur *du* eben.«

»Worauf willst du hinaus?«, murmelte ich, während ich sie stirnrunzelnd betrachtete.

»Darauf, dass ich hier bin, um dich zu retten. Vor der vollständigen Verbitterung, die dich früher oder später krank macht.«

»Ach? Und was ist bitte sehr hiermit?« Ich hielt ihr erneut meine Hand entgegen. Dann deutete ich auf meinen Kopf, der immer noch so heiß war, dass man ein Spiegelei darauf hätte braten können. »Hör mal, Fräulein Neunmalklug. Wenn du hier bist, um mich zu ›retten‹, dann sorg gefälligst dafür, dass ich auf dem Weg nicht krepiere, verstanden?!«

»Du krepierst nicht, keine Sorge«, unterbrach Feli mich, deren Lächeln mir inzwischen gehörig auf die Nerven ging. »Ich bin hier, um dir den Weg ins Licht zu zeigen. In die Glückseligkeit.«

»Ins Licht? Willst du mich etwa umbringen?!« Ich starrte sie entgeistert an.

Ihr glockenklares Lachen erklang und augenblicklich wurde mir – ohne dass ich es wollte – warm ums Herz.

*Teufel, dieser Geist spielte mit Mitteln, gegen die ich keinerlei Widerstandsfähigkeit hatte!*

Ehe sie etwas erwidern konnte, klingelte es an der Tür.

Feli wechselte einen vielsagenden Blick mit mir – und ich wusste sofort, dass ihr undurchsichtiges Alter Ego vor der Tür stand. Wenigstens konnte ich Stella aus der Wohnung schubsen. Das wäre bei Feli aussichtslos.

Ich wollte mich schon schlafend stellen, als ich meine eigene Stimme hörte – aus Felis Mund!

*Wie viele Tricks hatte diese Tante denn bitte sehr auf Lager?!*

»Komm rein, es ist offen!«

*Jaaaa, genau! Als ob ich so freundlich geklungen hätte! Stella musste doch merken, dass nicht …*

»Leon, guten Morgen. Wie geht es dir?«

Nein, sie merkte es nicht, denn sie kam mit einem freundlichen Lächeln in mein Schlafzimmer. In den Händen trug sie eine Thermoskanne.

»Hier, das ist Hühnerbrühe«, erklärte sie, während sie einfach durch Feli hindurchspazierte und sich auf meinen Bettrand setzte.

Ich starrte erst sie, dann die Kanne und dann Feli an. Letztere nickte mir aufmunternd zu und dann – ENDLICH! – löste sie sich in Luft auf und ließ mich mit Stella allein.

Ob das jetzt so toll war, konnte ich nicht sagen, aber zwei rothaarige Nervensägen waren eindeutig eine zu viel.

»Warum bringst du mir Hühnerbrühe?«, wollte ich wissen, während ich die Thermoskanne misstrauisch beäugte.

»Du bist krank und meine Oma hat mir immer Hühnerbrühe gekocht, wenn ich krank war«, meinte sie schulterzuckend. »Es hat jedes Mal geholfen. Also bekommst du jetzt auch Hühnerbrühe von mir.«

»Du willst also meine Oma sein«, brummte ich und konnte mir ein Schmunzeln nicht verkneifen.

Stella stutzte, dann begann sie, laut zu lachen.

VEEER…DAMMT!

Ihr Lachen klang GENAU wie das von Feli. Genau gleich. Genau so … schön?

Ich biss mir auf die Zunge und versuchte, ein möglichst finsteres Gesicht zu machen. Fehlte noch, dass sie merkte, dass ich ihr Lachen schön fand.

Fand ich nicht! Verdammt. Ich tat es *doch*. Nein! Fand ich nicht!

Ich stand wohl immer noch unter Drogen, sonst hätte ich nicht einen inneren Monolog in meinem Kopf gehört, der Gollum alle Ehre gemacht hätte.

»Ich wusste gar nicht, dass du solche Scherze auf Lager hast.« Stella hatte sich wieder beruhigt. (Schade. Nein. NICHT schade!) Inzwischen hatte sie die Thermoskanne geöffnet und leerte einen Teil des Inhalts in den tassenähnlichen Deckel. »Hier, trink das.«

Sie reichte mir die Brühe, die – zugegeben – verführerisch duftete. Mein Magen brummelte zustimmend.

*Verräter!*

Während ich die heiße Flüssigkeit nippte, sah ich sie skeptisch an. Sie wirkte völlig unbedarft, ohne Hintergedanken.

Und dennoch …

Es war NICHT normal, dass sie hier bei mir am Bett saß, wo ich doch bisher nicht eine Sekunde lang etwas Nettes gesagt oder getan hatte.

Es war NICHT normal, dass ein Mädchen sich um einen wildfremden Kerl derart kümmerte.

Es war NICHT normal, dass sich überhaupt jemand die Mühe machte, sich um mich zu kümmern.

Stella tat das sicher nicht aus purer Nächstenliebe. Sie musste einen Hintergedanken haben. Irgendetwas musste sie von mir wollen, sonst ergab das alles hier keinen Sinn.

»Warum?«, murmelte ich zwischen zwei Schlucken.

Sie sah mich fragend an und legte den Kopf schief.

Genau wie Feli … verdammt.

»Was, warum?«, fragte sie.

»Warum tust du das?« Ich deutete auf die Thermoskanne und blickte dann zu meiner verletzten Hand. »Das alles.«

Stellas Gesicht wurde ernster und sie holte leise Luft. »Ich hatte dir ja gesagt, ich muss dir noch eine dringende Frage stellen«, begann sie und wich meinem forschenden Blick aus.

Mit einem Mal wirkte sie verletzlicher – unsicherer. Sie spielte mit dem Ärmel ihrer braunen Jacke, die sie immer noch trug. Zum ersten Mal nahm ich sie bewusst war.

Ein hübsches junges Mädchen, das auf meinem Bettrand saß, Leggins und ein langes weißes Oberteil trug, darüber einen roten Schal und die braune Regenjacke. Ihre Füße steckten in schwarzen Stiefeln, sie trug keinerlei Schmuck und war auch kaum geschminkt. Ihr roter Pony hing ihr halb in die Augen, welche sie gesenkt hatte, um ihre Jackenärmel zu begutachten.

Ich riss mich von der Musterung los und räusperte mich, ehe ich einen weiteren Schluck Hühnerbrühe trank. »Was für eine Frage?«

Ihr Blick schnellte zu mir, dann zurück zum Saum ihres Ärmels, den sie nun noch intensiver knetete. »Bist du … bist du der Leon, der auf Facebook ›Manuel März‹ heißt?«

Die Frage traf mich so aus heiterem Himmel, dass ich mich beinahe an der Brühe verschluckte.

*Was?*

Meine Gedanken überschlugen sich.

Woher kannte sie diesen Namen? Wie war sie darauf gekommen, dass ICH hinter ihm steckte? Und was genau wollte sie von mir?

Als ich ihr keine Antwort gab, hob sie den Blick und begegnete meinem.

Sie musste alles, was sie wissen wollte, in meinen Augen ablesen, denn sie seufzte leise und nickte. »Dachte ich es mir doch.«

Ich schob die Augenbrauen zusammen.

*War's das jetzt? Oder kam da noch was?*

Mit einem Mal glitten meine Augen zu der Brühe.

*Hatte sie sie vielleicht vergiftet?*

Mit mulmigem Gefühl stellte ich sie auf meinen Nachttisch.

Sie beobachtete meine Bewegung, dann holte sie leise Luft. »Weißt du, normalerweise hätte ich dich schon längst gehackt und unschädlich gemacht«, meinte sie.

*Wie bitte? Saß etwa gerade eine Axtmörderin auf meiner Bettkante?!*

Stella fuhr fort, ihre Jacke zu zerknüllen. »Ich kenne mich gut mit Hacken und so aus, mein großer Bruder und ich haben viel Zeit zusammen verbracht, das Internet zu studieren.«

*Ah. Internet. Keine Axtmörderin. Noch mal Glück gehabt.*

»Inzwischen ist es quasi ein Hobby von mir. Es wäre kein Problem für mich, deinen Account lahmzulegen. Aber …« Wieder holte sie Luft und warf mir einen kurzen Blick zu. »Das würde das Ganze nicht beenden, sondern nur rauszögern. Du würdest dir einen anderen Account machen. Einen anderen Namen wählen. Und das Spiel würde wieder von vorn beginnen.«

Endlich löste ich mich aus der Starre, die mich befallen hatte, seit sie mein Troll-Pseudonym (Experten nannten solche Profile ›Sockenpuppe‹ – sehr schmeichelhaft … als ob wir strickende Großmütter wären …) erwähnt hatte.

Meine Stimme klang rau, als ich sprach. »Was willst du von mir?«

Sie zögerte, dann sah sie mich direkt an. Bisher waren mir noch nie die hellen Sprenkel aufgefallen, die ihre Iris durchsetzten und leuchten ließen. »Ich möchte, dass du aufhörst. Ganz aufhörst. Mit allem, was du bisher im Netz getan hast. Mit dem Mobben, dem Verhöhnen, dem Beschimpfen. Einfach mit allem.«

Ich betrachtete sie regungslos. Ihre Unterlippe bebte, als sei sie nicht sicher, ob sie noch etwas hinzufügen sollte. Der Blick war einerseits bittend, andererseits aber auch fordernd. Sie hatte aufgehört, an ihrem Ärmel herumzuspielen. Jetzt saß sie ruhig und gerade auf meinem Bettrand.

Endlich begriff ich, warum sie damals vor meiner Tür gestanden hatte. Mit dem Papier, auf dem sie wohl meine Adresse oder weitere Informationen zu mir aufgeschrieben hatte.

Sie hatte nicht missionieren wollen – oder doch, in gewisser Weise schon. Aber nicht so, wie ich es geglaubt hatte. Ihre Mission glich eher einem Feldzug. Einem Feldzug gegen Internettrolle. Wie mich.

Ich wusste nicht, ob ich sie für mutig oder dämlich halten sollte. Es war eindeutig mutig, dass sie als Kämpferin auftrat. Aber gleichzeitig auch unglaublich dämlich, dies allein zu tun – und dann auch noch persönlich bei Wildfremden vorbeizugehen, um sie zu ›bekehren‹. Gleichzeitig zeugte das auch wieder von ihrem Mut.

»Warum sagst du nichts?«, fragte sie, als ich sie weiterhin stirnrunzelnd musterte.

»Was soll ich denn deiner Meinung nach sagen?« Ich war selbst erstaunt, wie müde ich mit einem Mal klang. Und das lag definitiv nicht daran, dass es mir immer noch dreckig ging. Doch, auch, aber … ich fühlte mich … erschöpft.

Sie zuckte mit den Schultern. »Vielleicht, dass du es dir überlegst? Das wäre schon mal ein Anfang.«

Ich wich ihrem Blick aus und nickte zur Thermoskanne, die sie auf meinem Nachttisch abgestellt hatte. »Danke für die Brühe.«

Stella seufzte. »Okay. Ich bin dann mal weg. Mach's gut, ich hoffe, du wirst irgendwann merken, dass es andere Wege gibt, wie man Spaß haben – glücklich werden – kann.«

Bei ihren letzten Worten zuckte ich leicht zusammen, hatte mich aber sofort wieder im Griff. »Bis dann«, murmelte ich.

Stella war aufgestanden und schon fast bei der Tür, als sie sich zu mir umdrehte und leicht den Kopf schüttelte. »Das war mein letzter Besuch bei dir, Leon. Wir werden uns nicht wiedersehen. Du kannst die Thermoskanne behalten.« Dann verließ sie mein Zimmer.

Was blieb, war der Duft ihres Parfüms, das nach Erdbeeren roch. Warum, verflucht, fiel mir das erst jetzt auf? Ich mochte Erdbeeren – leider.

# 10

## Zurück in Schlumpfhausen

Okay, ich hatte noch nie so oft vor mich hin geflucht wie während der nächsten vier Tagen. Alles – wirklich ALLES – fiel mir schwer. Und: Ich hatte noch nie bemerkt, wie oft ich im Alltag beide Hände brauchte. Nicht mal aufs Klo konnte ich normal gehen!

Meine Grippe besserte sich dank der Medikamente zusehends. Ich fühlte mich kaum noch fiebrig und da Feli sich nicht bei mir blicken ließ, hatte ich massenhaft Zeit, zu schlafen. So viel, dass mir inzwischen der Rücken vom Liegen wehtat.

Mir war außerdem nie aufgefallen, wie wenig Freunde ich hatte. Im Grunde niemanden. Keine Sau interessierte sich dafür, wie es mir ging, oder fragte sich, warum sie so lange nichts von mir hörten. Zumindest nahm ich das an, denn mein Handy ging ja immer noch nicht und auch mein PC war nach wie vor tot. Daher stützte ich meine Freundschaftsanalysen einzig und allein darauf, dass keiner in meiner Wohnung vorbeikam.

Ich war noch nie ein Mensch gewesen, der viele Besucher hatte. Aber jetzt fühlte ich mich einsamer denn je. Ich wäre sogar froh gewesen, wenn Feli sich irgendwo gezeigt hätte.

Aber nein, nichts. Gar nichts. Keine Sau.

Immer wieder glitten meine Gedanken zu Stella. Irgendetwas hatte sie in mir erreicht. Ich wusste nur noch nicht, was und ob es mir gefiel, dass sie eine derartige Präsenz in meinem Kopf hatte.

*Nein, tat es nicht.*

Und dennoch … Wenn ich an den Klang ihrer Stimme dachte, an ihr Lachen, ihre Blicke, dann … dann *war* da was. Ich konnte nur nicht beschreiben, was. Aber es war nichts Schlechtes. So weit war ich schon mit meiner Stella-Analyse.

Sie war der einzige Mensch, der mir geholfen hatte. Obwohl sie keinerlei Grund dazu gehabt hätte. Vielmehr hatte sie anscheinend sogar gewusst, wer ich war. Was ich tat, wenn ich mich im Netz herumtrieb.

Trotzdem hatte sie mir Tee gekocht. Mich zum Arzt gefahren. Mir Hühnerbrühe gebracht.

Immer wieder schüttelte ich den Kopf, wenn ich an sie dachte und daran, wie grenzenlos dumm (oder großherzig?) sie sein musste, sich um einen Typen wie mich zu scheren.

Ihre letzten Worte hallten immer wieder in meinen Gedanken nach. *Wir werden uns nicht wiedersehen.*

Hatte sie absichtlich dieses Bedauern ihre Stimme färben lassen? Oder hatte ich mir das nur eingebildet? War es vielleicht sogar Erleichterung gewesen? Darüber, dass sie mich endlich los war? Und falls dem so war … warum fühlte sich meine Brust bei diesem Gedanken enger an als sonst?

Dass ich *überhaupt* solche Gedanken hatte, lag einzig und allein daran, dass ich zum ersten Mal in meinem Leben Zeit hatte. Zeit, über Dinge nachzudenken. Über *mich* nachzudenken.

Scheißzeit!

Normalerweise hätte ich schon längst in irgendeinem Forum Leute weinen lassen. Aber … das ging nicht. Und da ich mich noch zu schwach fühlte, um rauszugehen und Leute auf der Straße anzupöbeln (eine gute Alternative, wenn auch subtiler, da man aufpassen musste, *wie* man pöbelte), lümmelte ich auf meinem Sofa herum und zappte durch irgendwelche Nachmittagsprogramme, die mir zeigten, dass der Glaube an die Menschheit verloren war. Allesamt hirnlose Deppen, gegen die jeder Zombie als kultivierter Einstein durchgegangen wäre.

Es kam also der Tag, an welchem ich wieder nach Schlumpfhausen gehen musste. Nun ja, ›musste‹ war etwas übertrieben. Ich hatte täglich meinen Verband erneuert und inzwischen war meine Hand schon ziemlich gut geheilt. Aber es schadete ja nicht, sich von einem Experten (kostenlos) nochmals ein nickendes Urteil einzuholen. Und – ja, ich geb's ja zu – auch die schwindend geringe Möglichkeit wahrzunehmen, Stella wiederzusehen. Oder zumindest zu erfahren, wie es ihr ging. (Warum interessierte mich das eigentlich?!)

Ich versuchte also, zu rekonstruieren, wo Dr. med. Heinz K. Schlumpf seine Praxis hatte. In einem Zeitalter, wo jeder einen Internetzugang besaß, eigentlich keine schwierige Aufgabe.

Aber.

ABER!

Ich HATTE ja kein Internet. Also war ich darauf angewiesen, dass mir meine fünfzigjährige (!!) Nachbarin ihren PC zur Verfügung stellte, damit ich mir die Adresse rausschreiben konnte.

Ja.

JA!

Normalerweise stand die Adresse des behandelnden Arztes auf dem Etikett, das auf der Packung mit den Medikamenten klebte. Tja, was soll ich sagen? Bei mir klebte es nicht mehr dort. Ich hatte die (ich hasste mich dafür!) Angewohnheit, Klebeetiketten wegzupulen. Sollte heißen: Niemand wusste mehr, wo sich Schlumpfhausen befand.

Nachdem ich meiner Nachbarin also endlich verklickert hatte, dass ich lediglich eine Adresse herausfinden wollte (und ja, sie sah mich an, als suche ich nach meinem Dealer), durfte ich mit einem Notizzettel und Papa Schlumpfs Adresse ihre Wohnung wieder verlassen.

Nach einer viertelstündigen Busfahrt kam ich dann bei seiner Praxis an und bemühte mich, so cool wie möglich zu sein.

Ich meine.

Dort drin warteten SPRITZEN!

Und vielleicht STELLA!

Zwei Dinge, die mir derartige Bauchschmerzen bereiteten, dass ich kurz davor war, umzukehren und die Fäden in meiner Hand einfach selbst mit der Pinzette rauszuzerren.

Dennoch trat ich ein (oh, ich war ja so stolz auf mich!) und meldete mich als Leon Fink (wenn jetzt jemand lacht, dann hau ich ihm eine runter!) an.

Die Arzthelferin am Empfang musterte mich kurz, dann nickte sie und deutete mit ihrem Doppelkinn zum Wartezimmer. Ich trottete hinein – und wäre am liebsten direkt wieder rausgerannt. Dort drinnen saßen nämlich zwei Jungs, die aussahen, als hätten sie Masern und Windpocken zusammen. Und ein älterer Mann, der sich alle zwei Sekunden die Nase putzte. Nicht leise, nein. Sondern so laut, als wolle er für die Realverfilmung von ›Dumbo‹ üben.

Ich suchte mir einen freien Stuhl, der möglichst weit weg vom Nachwuchstrompeter und den beiden Gremlins stand, und harrte dort aus. Ich harrte eine halbe Stunde lang. Warum mussten Ärzte immer Fake-Zeiten nennen? Oder hatten sie andere Uhren als wir ›Normalsterblichen‹?

Endlich kam die Arzthelferin auf mich zu und nickte mit dem Kopf in Richtung Untersuchungszimmer. Doch gerade als ich ihr folgen wollte, zuckte ich vor Schreck zusammen. Dort am Empfangstresen stand tatsächlich STELLA!

Herzinfarkt. Hirntod. Atemstillstand.

(Zum Glück befand ich mich sowieso gerade in einer Arztpraxis …)

Ich blinzelte, während mein Blick wie festgefroren an ihr klebte.

Und dann bemerkte ich, dass ich durch sie hindurchsehen konnte.

Verdammt. Es war nicht Stella, es war Feli. Kein Wunder, lächelte sie mich so verträumt an, als hätte sie sich gerade in mich verknallt!

Die Arzthelferin warf mir einen fragenden Blick zu, weil ich einfach stehen geblieben war und zum (für sie leeren) Empfang starrte. Ich riss mich am Riemen und ging an Feli vorbei und in Richtung Untersuchungszimmer. Doch als ich auf gleicher Höhe mit dem Glücksgeist war, deutete sie mit dem Kopf auf den Schreibtisch und als ich ihrem Blick folgte, zuckte ich nochmals zusammen.

Da stand ein Bild. Von einem jungen Mann, vielleicht ein paar Jahre älter als ich. Er trug einen Anzug, seine rötlichen Haare waren streng nach hinten gekämmt. Die Gesichtszüge wirkten etwas überheblich, das Lächeln gekünstelt. Was meinen Blick aber am stärksten auf sich zog: Das Bild hatte einen schwarzen Rahmen und ein Seidenband quer darüber.

Noch während ich versuchte, mir einen Reim darauf zu machen, warum mir Feli das Bild gezeigt hatte (fragen konnte ich sie ja nicht, ohne als völlig bekloppt zu gelten), führte mich die Arzthelferin zu Stellas Vater, der mich stirnrunzelnd empfing. Seine Skepsis schien er seit letztem Mal nicht abgelegt zu haben.

»Nun, Leon, wie ist es Ihnen ergangen?«, fragte er in sachlichem Tonfall, während er mir die Hand schüttelte.

Ich zog die Augenbrauen zusammen. »Gut.«

Was sollte man darauf denn sonst sagen?

›*Oh, Herr Doktor, die komische Geistertussi hat mich mit einem Mal in Ruhe gelassen – bis vorhin, wo sie mir aus irgendwelchen Gründen ein Bild eines jungen Mannes gezeigt hat. Warum, weiß ich auch nicht. Ich habe sie nicht fragen können, sonst würden Sie mich jetzt für bekloppt halten.*‹

Nein, keine Alternative.

Also sah ich ihm jetzt fest in die nussbraunen Augen … und mit einem Mal verstand ich den Zusammenhang.

Stella hatte die gleichen nussbraunen Augen wie Dr. Schlumpf.

Genauso wie … wie der junge Typ auf dem Bild. Und dieser hatte auch noch rötliche Haare – so wie Stella.

War das etwa …? War das ihr Bruder?

Ich versuchte, Ähnlichkeiten mit Papa Schlumpf zu finden.

Ja, da waren tatsächlich die gleiche markante Nase, die leicht abstehenden Ohren …

Aber … das Bild hatte einen schwarzen Rahmen gehabt … was hieß …

Himmelherrgott! War Stellas Bruder etwa tot?!

Warum hatte sie nichts darüber gesagt?

Warum … hätte sie es tun sollen? Sie kannte mich nicht.

Aber … wenn er tot war … wie …

Meine Gedanken überschlugen sich, während der Arzt begann, meine Hand zu untersuchen. Er redete währenddessen mit mir, aber ich hörte ihm nicht zu. Ich versuchte, mich daran zu erinnern, was Stella über ihren Bruder erzählt hatte.

Sie hatte mit ihm zusammen Computer gehackt. Aus Spaß.

Was, wenn … wenn er …

Nein, das war zu weit hergeholt.

Ich schüttelte den Kopf über meine eigenen Gedankengänge. Als ich den Blick wieder hob, sah ich jedoch Feli, die direkt hinter Papa Schlumpf stand und mich vielsagend ansah.

Ich runzelte die Stirn.

Was wollte sie mir mit diesem Blick sagen? Dass ich richtiggelegen hatte? Dass …

Hatte Stellas Bruder sich umgebracht oder war aufgrund von Internetmobbing oder Ähnlichem gestorben?

Feli legte den Kopf schief. (Ich hasste es, wenn sie meine Gedanken las!)

Aber … was hatte das Ganze dann mit *mir* zu tun? Nur weil ich … nun ja, nicht so nett zu Leuten im Netz war, hatte Stella mich aufhalten wollen? War sie etwa wirklich dabei, Trolle zu missionieren? Und war ihr verstorbener Bruder der Auslöser dafür?

Feli gab mir keine Antwort – aber das brauchte sie auch nicht. Ich hatte ja Stellas Vater direkt vor mir und würde ihn einfach fragen.

»Sagen Sie mal, Herr Schlumpf«, begann ich gedehnt und beobachtete, wie er die letzten Fäden aus meiner verheilten Hand zog und sie dann desinfizierte. »Sie haben doch noch einen Sohn, oder?«

Der Arzt hob nicht einmal den Blick, sondern schien sich nur noch stärker auf meine Behandlung zu konzentrieren. »Ich wüsste nicht, was Sie meine Familie angeht«, brummte er und wandte sich dann ab, um die Handschuhe abzustreifen.

Als er sich wieder zu mir herumdrehte, war sein Gesicht eine eingefrorene Maske. Keinerlei Regung drang zu mir durch. Er wäre ein hervorragender Pokerspieler.

»Ihre Wunde ist gut verheilt, Sie können ab nächster Woche wieder Ihrer Arbeit nachgehen«, meinte er trocken. »Brauchen Sie noch etwas, Leon? Sonst sind Sie nun entlassen.«

Ich überlegte, ob ich nachhaken sollte, ließ es aber. So wie Stellas Vater reagiert hatte, wollte er eindeutig nicht über seinen Sohn sprechen. Während ich eine Verabschiedung murmelte, suchte ich den Raum nach Feli ab. Sie war verschwunden – war ja klar.

Wieder zu Hause, verfluchte ich den Glücksgeist einmal mehr dafür, dass er mein Internet lahmgelegt hatte. Sonst hätte ich Stella Schlumpf und ihre Familie im Netz stalken und herausfinden können, was damals geschehen war und warum Feli (oder wer auch immer) Stella in mein Leben geholt hatte.

Also. Fakt war, dass Stella mich gezielt aufgesucht hatte. Womöglich hatte sie ihren Vater dabei ›erwischt‹, wie er sich mit mir verbal bei Facebook duellierte, und meine Identität herausgefunden. Wie auch immer. Bisher hatte ich geglaubt, dass sie dies einfach getan hatte, weil sie nicht mehr wollte, dass ihr Vater im Netz von anderen Menschen angegangen wurde.

Aber was, wenn ihr Anliegen viel tiefschürfender war? Wenn es eine Mission gegen ALLE Internettrolle war? Weil … weil sie ihrem Bruder etwas schuldete?

Sie hatte so nervös gewirkt, als sie auf meinem Bett gesessen und ihren Ärmel geknetet hatte.

War sie deswegen nervös gewesen? Weil ihr so viel daran lag, dass ich damit aufhörte?

Oh Mann, hörte ich denn nie mehr damit auf, mir wegen diesem Mädchen den Kopf zu zerbrechen?!

# 11

# Stalkende Weihnachtsmänner

Feli!«

Das Einzige, was durch meine Wohnung polterte, war nicht der Geist, sondern meine Stimme – von Feli fehlte jede Spur.

Ich versuchte nun seit einer Stunde, sie irgendwie dazu zu kriegen, dass sie sich manifestierte. Leider ohne Erfolg. Ich hatte sogar die Postkartensammlung hervorgeholt und auf dem Boden verteilt.

Da saß ich nun, mitten in meinem Schlafzimmer, und starrte auf die vielen Bilder, die mir als kleiner Junge mal etwas bedeutet hatten. Die vielen Worte, die mir liebe Grüße schickten. Herzen, Sonnen, sogar Fische waren auf die Rückseiten der Karten gezeichnet worden. Und alle waren sie an mich adressiert. An meine alte Adresse. Als ich noch bei meinen Eltern gewohnt hatte.

Fluchend sammelte ich die Postkarten wieder ein und steckte sie in die Kartonschachtel zurück.

Von wegen ›Glückstankstelle‹! Das hier stimmte mich nicht glücklich, sondern wütend. Sehr wütend!

Es war an der Zeit, dass ich aufhörte, nach etwas zu suchen, was mir ein durchsichtiges Mädchen in den Kopf gesetzt hatte. Feli hatte keine Ahnung davon, was gut für mich war. Wie auch? Sie war ein Geist!

»Feli! Zeig dich endlich!«, rief ich zum dutzendsten Mal durch mein Zimmer.

Dass meine Nachbarn mich hören und für verrückt halten könnten, ignorierte ich.

*Die konnten mich mal kreuzweise!*

Ich versuchte, mich zu beruhigen und abzulenken. Leichter gesagt als getan, ohne Internet und Handy. Zur Arbeit konnte ich noch nicht gehen, da meine Hand keine Belastung aushielt, und meine Freunde würden nicht vor fünf Uhr Feierabend haben. Rumzappen und irgendwelche dämlichen Nachmittagsprogramme reinziehen, kam auch nicht infrage. Da ich es in der Wohnung aber nicht mehr aushielt, packte ich meine schwarze Lederjacke und verließ fluchend das Haus.

Draußen nieselte es, aber das war mir egal, denn das passte hervorragend zu meiner Stimmung. Außerdem war ich eh schon krank gewesen – so rasch konnte mir der Regen nichts mehr anhaben.

Ich steckte die Hände in die Hosentaschen, zog die Schultern hoch und ging die Straße entlang. Wohin ich wollte, wusste ich nicht. Aber ich musste mich bewegen, musste versuchen, auf andere Gedanken zu kommen. Gedanken, die nichts mit rothaarigen Nervensägen und deren verstorbenen Brüdern zu tun hatten.

So lief ich ziellos durch die Stadt, als mein Blick mit einem Mal an einem Schild hängen blieb.

›Internetcafé‹

Ich hatte noch nie in meinem Leben eines betreten. Wozu auch? Mein Handy bot mir alles, was ich brauchte. Nur hatte dieses leider einen qualvollen Tod in Felis Händen sterben müssen. Daher ging ich nach kurzem Zögern zu dem Café und trat ein.

Drinnen standen eine Reihe von Tischen, auf jedem davon befand sich ein flacher Bildschirm. Ich war nicht allein, mehrere Menschen unterschiedlichen Alters saßen vor den PCs und tippten vor sich hin.

Ich sah mich suchend um.

*Wie funktionierte das hier eigentlich?*

Ehe ich jemanden fragen konnte, stand auch schon eine Mitarbeiterin neben mir und erklärte, dass ich gegen Entgelt die PCs nutzen dürfte. Ich bezahlte eine nicht unbeträchtliche

Summe für eine Viertelstunde. Mehr Zeit würde ich nicht benötigen, um endlich Klarheit in Stellas Leben zu bringen. Klarheit für mich.

Ich setzte mich auf einen freien Stuhl und begann mit meiner Recherche.

Über ›Stella Schlumpf‹ fand ich ziemlich rasch heraus, dass sie (wie vermutet) gerade zwanzig geworden war, einen Hund hatte (zumindest ließ sich das aus ihrem Facebook-Profil schließen) und den Sommer liebte (sie sah echt sexy aus in dem Bikini, den sie stolz an irgendeinem Strand zur Schau trug und auf Instagram gepostet hatte). Sie schien ziemlich beliebt zu sein – Dutzende Fotos zeigten sie mit diversen Mädchen am Kichern, Lachen und Feiern.

Natürlich hörte ich in meinen Gedanken ihr Lachen.

Natürlich blieben meine Augen an ihren Brüsten hängen, die wohl gemacht sein mussten. Keine Frau hatte derart perfekte Brüste.

Ob ich Feli dazu überreden könnte, für mich zu strippen? Dann würde ich diese Wunderdinger in natura sehen können – wenn auch nur durchsichtig. Aber hey, es war besser als nichts.

Kopfschüttelnd verwarf ich diesen Gedanken und recherchierte weiter über Stellas Leben.

Leider schien ihr Facebook-Account erst zwei Jahre alt zu sein. Und auf Instagram hatte sie sich noch später angemeldet. Oder sie hatte alles gelöscht, was nicht gesehen werden sollte

… Wie auch immer, hier würde ich nicht viel über sie und ihren Bruder herausfinden.

Also begann ich, ihren Vater zu stalken. Das fühlte sich jedoch an, als würde man in einem medizinischen Wörterbuch etwas nachschlagen.

Unzählige Publikationen, deren Namen ich nicht einmal annähernd aussprechen konnte, sprangen mir ins Auge. Er schien an vielen Orten gearbeitet zu haben – immer wieder sah ich neue Bilder mit neuen Teams, mit denen er in die Kamera lächelte.

Aber auch hier fand ich keinerlei Hinweise auf irgendwelche Söhne, die verstorben waren.

Enttäuscht gab ich auf und starrte auf das Bikini-Bild von Stella.

Was genau hatte ich erwartet? Dass ich im Internet alle Antworten erhielt? Dass ich mit einem Mal wüsste, warum Papa Schlumpf auf seinem Schreibtisch ein schwarz gerahmtes Bild seines Sohnes hatte? Warum Stella bei mir aufgetaucht war? Warum Feli irgendeinen Zusammenhang zwischen ihr und mir herstellen wollte?

Erneut schüttelte ich den Kopf, löschte meinen Browserverlauf und die Cookies, fuhr den PC herunter und erhob mich. Im Vorbeigehen nickte ich der Mitarbeiterin zu und verließ das Café.

Ich war keinen Schritt weitergekommen. Und dennoch … Ich starrte auf die Adresse, die ich mir während meiner Stella-Recherche notiert hatte.

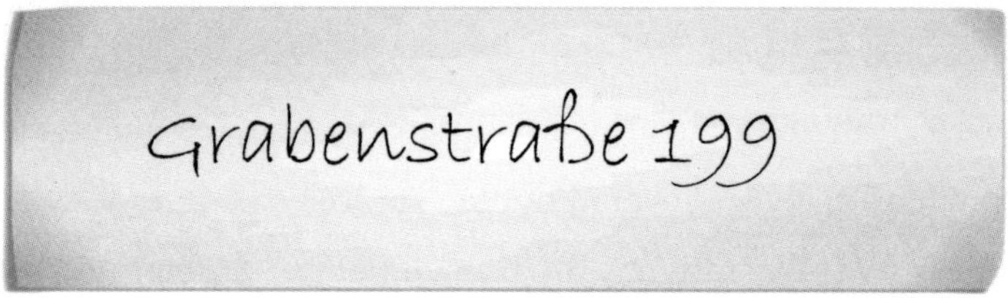


Ihre Adresse.

Sollte ich es wagen und zu ihr gehen? Wie würde sie reagieren? Wäre sie überhaupt zu Hause?

Nein, wäre sie bestimmt nicht. Ich könnte also gefahrlos bei ihr vorbeischauen. Es wäre ja nur kurz. Und sie wäre nicht da. Dann könnte ich wieder nach Hause gehen und die ganze Stella-Sache abhaken.

*Gute Idee. Sollte ich machen.*

Ehe ich den Gedanken richtig gefasst hatte, liefen meine Füße auch schon los. In Richtung Park, da ich auf Google Maps gesehen hatte, dass die Grabenstraße direkt dahinter lag.

Eine Viertelstunde später stand ich mit nassen Haaren (es regnete inzwischen) vor einem Wohnblock und starrte auf die Namensschilder beim Eingang.

Ja, da stand ihr Name.

Und nein, ich war nicht sicher, ob ich wirklich klingeln sollte.

Was, wenn sie mich auslachen würde? Was, wenn sie mich anzicken würde? Was sollte ich überhaupt sagen?

Verdammt, ich hätte die Thermoskanne mitnehmen sollen. Dann hätte ich einen plausiblen Grund gehabt, zu ihr zu gehen.

Aber … ich hatte meine Wohnung nicht mit der Absicht verlassen, jetzt hier zu stehen.

Ich biss auf meiner Unterlippe herum und wollte gerade auf dem Absatz umdrehen und diese blöde Idee blöde Idee sein lassen, als die Stimme eines Mannes hinter mir erklang.

»Zu wem wollen Sie denn, junger Mann?«, fragte er.

Ich wandte mich um und sah einen älteren Herrn mit weißen Haaren und einem gutmütigen Lächeln vor mir stehen, der soeben seinen tropfenden Regenschirm zusammenfaltete. Er wirkte ein bisschen wie ein Weihnachtsmann, wenn er auch nicht ganz so einen dicken Bauch hatte (Feli würde ihn sicher mögen).

Da ich ihm nicht antwortete, legte er den Kopf schief. »Ich habe Sie noch nie hier gesehen«, meinte er nachdenklich. »Wollen Sie jemanden besuchen?«

Endlich fand ich meine Sprache wieder. »Ja.« (Verdammt. Nein. NEIN wäre das richtige Wort gewesen!)

»Und wen?«, fragte der Mann weiter, während er an seinem Schirm rumfummelte.

»Stella.« (Was? Nein! Warum sagte ich ihm das?!)

»Ah, die gute Stella«, lächelte der Alte mit wissendem Blick. »Sind Sie ihr Freund?«

»Nein.« (Yes! Endlich mal die richtige Antwort!)

»Warum wollen Sie dann zu ihr?« Die Augen des Mannes wurden forschend.

»Hören Sie mal, das geht Sie nichts an, klar?«, brummte ich.

»Oh doch, das tut es.« Der Mann zog die Augenbrauen zusammen und sein Blick wurde schärfer. »Sie ist ein gutes Kind. Und wenn ein Rüpel wie Sie zu ihr will, kann das nichts Gutes heißen.«

»Rüp… wie …«

Leider stotterte ich, da ich mit solchen Worten nicht gerechnet hätte.

Was fiel ihm ein, mich einfach so zu beleidigen?! Er kannte mich noch nicht einmal! Und ich sah nun wirklich nicht wie ein Rüpel aus! … Oder doch? Sah man mir an, dass ich Menschen nicht mochte? Dass ich …

Der Mann legte seine Stirn in noch mehr Falten als ohnehin schon und unterbrach meine Gedanken. »Kommen Sie, ich begleite Sie zu Stella«, meinte er, holte einen Schlüssel aus seiner Jackentasche und öffnete die Tür des Wohnblocks. Ehe ich mich dagegen wehren konnte, hatte er mich ins Treppenhaus gezogen und deutete auf einen Lift. »Zweiter Stock. Ich werde Sie nicht aus den Augen lassen, bis ich weiß, dass Stella nichts von Ihnen befürchten muss.«

*Sah ich etwa aus wie ein Vergewaltiger?!*

Ich folgte ihm grummelnd und erlebte die unangenehmste Liftfahrt meines Lebens. Liftfahren ist ohnehin schon unangenehm. Die Beschleunigung, das Kribbeln im Magen, die Tatsache, dass man nicht weiß, wo man hinschauen soll … Aber wenn man dann noch die ganze Zeit wie ein Schwerverbrecher taxiert wird, ist man einfach nur froh, wenn man es hinter sich hat.

Daher floh ich regelrecht aus dem Fahrstuhl, als dieser im zweiten Stock anhielt.

Der Alte folgte mir und deutete mit dem Finger nach rechts. »Dritte Tür.«

Ich nickte. Jetzt gab es kein Zurück mehr – ich traute dem Typen zu, dass er mich mit seinem Regenschirm verprügelte, wenn ich den Schwanz einziehen würde.

Also klingelte ich an der Tür und schickte ein Stoßgebet zum Himmel, dass Stella nicht da war.

»Komme gleich!«

*Shit!*

Allein der Klang ihrer Stimme führte dazu, dass sich alles in mir zusammenzog. Mit Feli zu sprechen, war eine Sache. Sie war ein Geist, nervend und mit diesem ständigen Lächeln, das fast schon unheimlich wirkte. Aber Stella … Sie war ein Mensch aus Fleisch und Blut – ich hatte sie gerade noch im Bikini bewundern dürfen – und sie lächelte nicht immer. Aber wenn sie lachte, dann … Verdammt. Warum musste ich immer wieder an ihr Lachen denken?!

Die Tür wurde geöffnet und ich starrte in nussbraune Augen, die mich ihrerseits musterten, als wäre ich ein Geist.

»Leon?« Sie sprach meinen Namen als Frage aus und dennoch freute sich ein kleiner Teil in mir, dass sie sich daran erinnerte, wer ich war (ein dummer, dummer, dämlicher Teil – sie war schließlich schon in meinem Schlafzimmer und in der Küche gewesen! Warum sollte sie mich so rasch vergessen?!).

»Kennst du diesen jungen Mann?« Weihnachtsopa hatte *ich* kurzzeitig vergessen. Er stand neben mir und sah Stella skeptisch an. »Er sagte, er wolle zu dir.«

Stellas Blick gab mich endlich frei und es schien mir, als könne ich wieder durchatmen. »Schon gut, Peter, ich kenne ihn. Danke, dass du ihn zu mir gebracht hast.« Sie sagte es so liebevoll, als sei es ihr Großvater, mit dem sie gerade sprach. Dann wandte sie sich mir wieder zu und das Kribbeln in meinem Bauch wurde erneut entfacht. »Was willst du?«

Es war mir höchst unangenehm, in Gegenwart vom Weihnachtspeter meine Frage zu stellen. Und dennoch – ich musste es wissen, sonst würde es mir keine Ruhe lassen. »Du hast mir von deinem Bruder erzählt«, begann ich also gedehnt. »Ich hätte da ein paar Fragen …« Während ich sprach, kratzte ich mich nervös am Hinterkopf.

Ihre Augen folgten meiner Geste und ihr Blick wurde etwas weicher. »Deine Hand ist verheilt. Warst du heute bei meinem Vater?«

Sie ging nicht auf meine Worte ein, lenkte gezielt ab.

*Was sollte das?!*

Ehe ich sie weiter löchern konnte, ergriff sie mein anderes Handgelenk und zog mich zu sich in die Wohnung. »Komm rein.« An Peter gewandt meinte sie: »Alles gut, danke nochmals. Hab einen schönen Abend.«

Dann schloss sich die Tür hinter mir und ich war allein mit Stella. In ihrer Wohnung. Bei ihr zu Hause. In ihrem Heim. Da, wo sie lebte …

*Shit, ich hätte nicht hierherkommen sollen …!*

Das rothaarige Mädchen stand vor mir und sah mich forschend an. Sie musste ihren Kopf etwas in den Nacken legen, da ich größer war als sie. Ihr roter Pony fiel wie immer in die Stirn und verbarg das Funkeln beinahe, das sie mir schenken wollte. Mir fiel erst jetzt auf, dass sie Jogginghosen und ein einfaches Shirt trug – damit wirkte sie viel nahbarer als in der Bluse, die sie bei unserer ersten Begegnung gewählt hatte.

Ihre Wohnung nahm ich nur am Rande wahr – irgendwas Weißes, mit Violett-Tönen gemischt. Wir standen ihn ihrem

Flur, die Türen zu den Zimmern waren geschlossen. Aber meine ganze Konzentration war sowieso auf Stella gerichtet, die mich herausfordernd ansah.

»Warum genau bist du hier?«, fragte sie geradeheraus. »Wohl kaum, weil du mich so sehr vermisst hast, oder?« Sie stemmte die Hände in die Hüften.

Ich versuchte, ihrem Blick standzuhalten. Normalerweise brachten andere Menschen mich nicht so rasch aus dem Konzept. Bei ihr jedoch … Ich wusste nicht genau, woran ich bei ihr war.

Einerseits sah ich Feli vor mir. Einen Glücksgeist, der mich mit dauerbekifftem Grinsen terrorisierte (außer wenn ich sie zu rasch ›aussaugte‹). Und andererseits sah ich ein mir vollkommen fremdes Mädchen vor mir, das vor Energie und Tatendrang nur so sprühte. Und das mich auf eine sehr, sehr kranke und vor allem dumme Art und Weise dennoch interessierte … Weil ich diesen Antrieb verstehen wollte. Weil ich hinter das Feuer blicken wollte, mit dem sie mich gerade musterte.

»Hat es dir etwa die Sprache verschlagen?« Sie nahm die Hände von ihren Hüften und verschränkte die Arme stattdessen vor ihrer Brust, während sie mich weiter anfunkelte.

»Ich habe dir schon gesagt, warum ich hier bin«, brummte ich und ließ mein Gesicht sich verfinstern. »Was ist mit deinem Bruder passiert?«

Ich konnte das Flackern in ihrem Blick erkennen. Für einen ganz kurzen Moment hatte sie das Bedürfnis, ihre Augen zu schließen. Ihre dunklen Wimpern senkten sich bis zur Hälfte, dann entschied sie sich dagegen und verengte stattdessen ihre Lider, sodass sich kleine Krähenfüße an den Seiten bildeten.

»Das geht dich nichts an«, sagte sie in distanziertem Tonfall. »Ich habe dich nur hier reingeholt, damit du Peter nicht irgendwelche Flausen in den Kopf setzt. Er ist ohnehin schon viel zu neugierig.«

»Warum soll er nichts über deinen Bruder erfahren?«, fragte ich ehrlich verblüfft. So langsam hatte ich keine Ahnung mehr, was ich von dieser Familie halten sollte.

»Es geht ihn nichts an. Ebenso wenig wie dich. Und jetzt geh.« Sie sah kurz durch den Türspion, um sich zu vergewissern, dass ihr Nachbar sich verzogen hatte, dann ergriff sie die Türklinke.

Ehe sie diese jedoch hinunterdrücken konnte, legte ich meine Hand auf ihre und trat dicht hinter sie. Ich konnte hören, wie sie die Luft einsog, spürte, wie sich ihr Körper anspannte, als meine Brust ihren Rücken berührte.

»Ich habe dir noch was zu sagen«, raunte ich und sah mit Genugtuung, wie sich auf ihrem Unterarm eine Gänsehaut bildete, als mein Atem ihr Ohr streifte.

Ihr Körper reagierte auf mich. Ziemlich heftig sogar. Das konnte ich zu meinem Vorteil nutzen.

Sie zog ihre Hand unter meiner hervor und wirbelte so rasch herum, dass ich einen kleinen Schritt zurücktrat. »Ich glaube nicht, dass du mir noch irgendetwas zu sagen hast!«, fuhr sie mich an.

Ihre Stimme verriet sie jedoch. Sie war bei Weitem nicht so fest und abweisend, wie sie es gern gehabt hätte.

Ich schmunzelte, da ich unversehens die Oberhand gewonnen hatte. »Doch, habe ich, Stella.«

Es war das erste Mal, dass ich ihren Namen aussprach. Und anscheinend gefiel es ihr, denn ihr Blick wurde für den Bruchteil einer Sekunde etwas sanfter – was sie jedoch sofort wieder korrigierte.

»Sag, was du zu sagen hast!«, forderte sie in frostigem Tonfall. »Und dann verlässt du meine Wohnung.«

»Du hast mich selbst hereingebeten«, erinnerte ich sie.

»Na und?« Sie presste sich gegen die Tür, als suche sie Halt. »Bist du etwa ein Vampir, den man nicht in seine Wohnung bitten sollte, weil man ihn nicht mehr loswird?!«

Ich runzelte die Stirn, dann grinste ich. Ja, ich hatte schon Filme mit Vampiren gesehen, die nur dann eine Wohnung betreten konnten, wenn man sie hereingebeten hatte. Witzig, dass Stella diesen Vergleich mit mir zog. Vampire … So ein Hirngespinst aber auch. Wobei … Wenn es Glücksgeister gab, wer garantierte mir dann, dass nicht auch Vampire, Engel und

Dämonen existierten? Wo war die Grenze zwischen Fiktion und Wirklichkeit?

»Was starrst du mich so an?«, fragte Stella misstrauisch.

Mir fiel erst jetzt auf, dass ich sie wohl besorgniserregend psychopathisch angegrinst hatte, während ich meinen Gedanken nachhing.

Rasch räusperte ich mich und versuchte, den roten Faden wiederzufinden, den sie mir mit der Vampir-Anspielung aus den Händen gerissen hatte. »Danke.«

Ihre Augenbrauen hüpften in die Höhe, während ihr Mund etwas aufklappte. Sie starrte mich zwei Sekunden lang an, als wäre ich tatsächlich vom Bösen besessen. Dann schüttelte sie verdattert den Kopf. »Was hat mein Vater dir sonst noch für Medikamente gegeben?«, fragte sie ehrlich verblüfft.

»Was? Kannst du etwa nicht ein einfaches ›Danke‹ annehmen?«, murmelte ich missgelaunt.

Ich hatte mir das hier irgendwie anders vorgestellt. Dass sie sich nun mit einem Mal in eine weibliche Version von mir selbst verwandelte und mit Beleidigungen um sich schmiss, passte nicht zu meiner Erwartung, dass sie mir freudestrahlend um den Hals fiel und mich küsste.

Warum dachte ich eigentlich gerade ans Küssen? Wie bekloppt war ich denn, so etwas ÜBERHAUPT im Zusammenhang mit diesem Katholikenmädchen zu denken?!

Sie und ich – wir würden niemals zusammenpassen, da konnte sie noch so in Jogginghosen und Shirts rumrennen. Wir waren wie Feuer und Eis. Wie Sonne und Mond. Keiner würde dem anderen guttun – einer würde immer den Kürzeren ziehen und dem anderen das Feld überlassen müssen. Und das wussten wir beide, das konnte ich in ihren Augen klar und deutlich sehen.

»Also versteh mich nicht falsch, ich bin froh, dass da anscheinend doch noch so etwas wie ein Gefühl in dir zu Hause ist«, erklärte sich Stella, die immer noch so dicht vor mir stand, dass ich ihr Parfüm riechen konnte. (Warum Erdbeeren? Warum bloß??) »Aber ich hätte kein ›Danke‹ von einem Kerl erwartet, der andere als ›Volldeppen‹ und ›hirnamputierte Idioten‹ bezeichnet.«

Ich sah sie stirnrunzelnd an.

Ja, so bezeichnete ich tatsächlich viele meiner Opfer.

Aber …

»Warte mal …«, begann ich. »Woher kennst du diese Begriffe?«

Sie biss sich auf die Unterlippe, da sie anscheinend mehr verraten hatte, als sie eigentlich wollte, und wich meinem Blick aus, indem sie auf meine Brust starrte.

Mein Kopf begann zu rattern, während ich mich nicht vom Fleck bewegte. Und mit einem Mal ging mir ein Licht auf.

»DU warst das, oder?«, flüsterte ich. »*Du* warst … du *bist* HeinzKunoSchlumpf.«

Sie konnte mich immer noch nicht ansehen, ihre Wangen färbten sich mit einem rötlichen Schimmer.

Ich brauchte keine Antwort, ihre Reaktion war mir Antwort genug. Stöhnend griff ich mir an die Stirn und wandte mich von ihr ab, um in ihrem Flur hin und her zu gehen.

»Verdammt, warum komme ich erst jetzt darauf?!« Ich blieb stehen, starrte sie an und ging dann weiter. »Ich hätte es wissen sollen. Ein Arzt hat keine Zeit dafür, sich im Netz zu duellieren … Das warst die ganze Zeit DU!«

Wieder blieb ich stehen, dieses Mal direkt vor ihr. Endlich hob sie den Blick und sah mich an. Und was ich in ihren Augen sah … es verschlug mir die Sprache.

Sie … weinte?

Ja. Da schimmerten tatsächlich Tränen und beim nächsten Wimpernschlag kullerten sie über ihre Wangen.

»Was? Warum … Hör auf, zu weinen«, brummte ich.

Sie schüttelte den Kopf und wischte sich mit der Hand über das Gesicht. »Du solltest jetzt gehen.«

Ihre Stimme war so dünn, dass ich sie am liebsten an mich gezogen und getröstet hätte. Ging natürlich nicht, sie hätte mich nur wieder geohrfeigt.

Auch wenn etwas in mir gern noch länger geblieben wäre und erfahren hätte, warum Stella ein Fakeprofil von ihrem

Vater angelegt hatte, um sich verbale Wortgefechte mit mir zu liefern, drückte ich dennoch den Rücken durch und nickte.

Ohne ein weiteres Wort öffnete sie die Tür und sah mich nicht an, als ich an ihr vorbei in den Flur trat. Ich wandte mich nochmals zu ihr um, wollte etwas sagen, aber sie schüttelte nur den Kopf.

»Mach's gut, Leon.«

Einen Augenblick später starrte ich auf das weiß lackierte Holz, hinter dem ich irgendetwas verloren hatte. Nur was, konnte ich nicht ergründen. Noch nicht.

# 12

## Bier ist alle

So, Feli. Jetzt red endlich mal Klartext!«

Ich ging in meinem Wohnzimmer auf und ab, während ich dem Geistermädchen immer wieder genervte Blicke zuwarf. Sie war endlich aufgetaucht und stand jetzt wie ein kleiner Unschuldsengel neben meinem Fernseher, beobachtete meinen unruhigen Marsch.

»Was möchtest du denn wissen?«, fragte sie arglos und schenkte mir ein so breites Lächeln, dass ich sie am liebsten geschlagen hätte.

Tat ich natürlich nicht. Sie war ein Mädchen – und ein Geist!

»Alles!«, knurrte ich. »Warum du hier bist. Warum du Stellas Körper hast. Was Stella in meinem Leben überhaupt zu suchen hat. Wann du endlich verschwindest und mich in Ruhe lässt … Einfach ALLES!«

»Hach Leon, wir drehen uns gerade im Kreis, merkst du das? Das habe ich dir doch alles schon beantwortet.« Wenn ihr Lächeln noch breiter werden konnte, dann tat es das gerade. Ihre Augen funkelten vergnügt.

»Du hast wohl zu viele Postkarten geraucht!«, fauchte ich und trat wütend auf sie zu. »Du weißt, dass ich nur fluchen muss, um dich weichzukochen?!«

»Und du weißt, dass du dann ziemliche Schmerzen aushalten musst?«, konterte sie ungerührt. »Ich sag nur: Spritze.«

»Ich …« Ich starrte sie einen Augenblick lang an, dann stöhnte ich genervt. »Ich brauche ein Bier!«

Dass ich schon so lange nichts mehr getrunken hatte, lag vor allem daran, dass ich in den letzten Wochen ja Schlumpfcocktails hatte schlürfen müssen. Nun aber merkte ich, wie mein Verlangen nach Alkohol zurückkehrte.

Ich steuerte die Küche an.

»Bier ist aus.«

Felis Stimme ließ meine Bewegungen augenblicklich einfrieren. Ich drehte mich in Zeitlupe zu ihr um. »Was. Heißt. ›Aus‹?«, fragte ich gefährlich langsam.

»Aus«, meinte sie schulterzuckend. »Weg, keins mehr da, fertig, leer …«

Ich kniff die Augen zusammen und massierte meinen Nasenrücken mit Daumen und Zeigefinger, ehe ich tief durchatmete und versuchte, nicht zu laut zu schreien. »WARUM IN GOTTES NAMEN HAB ICH KEIN BIER MEHR?!« (Okay, ich schrie ziemlich laut …)

Der Plagegeist zuckte kurz zusammen (ach ja, stimmt, sie mochte es nicht, wenn ich laut wurde, tja, ihr Pech!), ließ sich jedoch nicht aus der Ruhe bringen. »Weil du keins mehr gekauft hast, Leon.«

»WARUM …« Ich stutzte. »Warte, ich hatte noch Bier, ehe ich krank wurde!«

»Ja, und dann war Stella hier. Sie hat sich an deinem Vorrat bedient, als du nichts mehr mitbekommen hast«, meinte Feli gleichgültig.

»Was?!«

Ich konnte es kaum glauben. Das Katholikenmädchen hatte mich BEKLAUT?!

Feli nickte. »Ja, sie hat es faustdick hinter den Ohren, oder?« Sie lächelte so verträumt, als hätte sie sich in Stella verliebt. »Und ihr Körper ist auch sehr ansehnlich, findest du nicht?«

Sie streifte mit den Händen über ihre durchsichtigen Brüste, die in der weißen Bluse steckten, und ich musste mich wirklich am Riemen reißen, um keine Erregung zu verspüren. Allein die Tatsache, dass Feli in Stellas Körper steckte, konnte meine Fantasie dermaßen anregen, dass ich zu vergessen drohte, nur einen Geist vor mir zu haben. Und nicht Stella.

Himmel … Was würde ich tun, wenn SIE wirklich so vor mir stehen würde? Was, wenn …

Das waren vollkommen idiotische Gedanken! Sie würde NIE *so* vor mir stehen!

»Sie gefällt dir, gib es zu«, lächelte Feli, die immer noch an sich herumspielte.

»Hör auf damit«, stöhnte ich und kniff erneut die Augen zusammen, um nicht sehen zu müssen, wie Felis Hände immer weiter an Stellas Körper herunterglitten. »Das ist KRANK!«

»Nein, ist es nicht. Und je eher du das begreifst, desto rascher bist du mich los.«

Felis Stimme war wieder ernster geworden, sodass ich es wagte, zu blinzeln.

Ja, sie hatte aufgehört, ihren Körper zu streicheln, und sah mich nun wieder mit diesem ›Lehrerblick‹ an.

Vielleicht hätte sie mit der Selbstbegrapschung doch besser einfach weitermachen sollen. Denn ich ahnte, dass der Vortrag, der jetzt folgte, mir nicht gefallen würde. Und ich hatte recht.

»Leon, Leon.« (Wie ich es hasste, wenn sie meinen Namen auf diese Weise summte!) »Wir sind schon weit gekommen.« Sie setzte wieder ihr Lächeln auf und betrachtete mich beinahe schon zärtlich. »Du hast gelernt, dich mit dir und deinen Problemen auseinanderzusetzen. Du hast gelernt, um Hilfe zu bitten. Hilfe anzunehmen. Und dich dafür zu bedanken. Dank ist etwas, das nur Menschen geben können, die selbst etwas zu geben haben. Dank zeugt von Reichtum. Innerem Reichtum. Denn Dank setzt voraus, dass man etwas erhalten hat, das man nicht einfordern kann. Und das passiert einem nur, wenn man es sich verdient.«

»Komm endlich zum Punkt und hör auf, wie der Dalai Lama zu reden!«, zischte ich, während ich mich aufs Sofa plumpsen ließ. Ohne Bier.

»Wenn du aufhörst, mich zu unterbrechen«, meinte sie unbeeindruckt.

»Also du willst mir weismachen, dass wir ›voran‹gekommen sind.« Ich konnte sie ebenso gut ignorieren wie sie mich. »Wie zum Henker meinst du das?«

Feli holte tief Luft. »Ich habe dir doch gesagt, dass deine Seele kurz davor war, verbittert zu werden«, erinnerte sie mich. »Du scheinst gerade noch so die Kurve zu kriegen, aber noch bist du nicht gerettet. Noch gibt es diese Verbitterung, die dich tagtäglich aufzufressen droht. Ich sehe es in deinen Augen. In deiner Haltung. Höre es in deiner Stimme.« Sie seufzte und sah mich mitleidig an. »Wenn du nicht endlich den nächsten Schritt machst, wird die Verbitterung siegen und dein Herz versteinern.«

Ich verdrehte die Augen. »Du bist echt eine Drama-Queen, weißt du das?«

»Genau solche Worte sind es, die dich von der Glückseligkeit dieses Lebens fernhalten«, meinte Feli ruhig.

»Okay, ich geb auf.« Ich schenkte ihr einen bösen Blick. »Du scheinst alles, was ich tue oder sage, für ›falsch‹ zu halten. Dann hör ich doch am besten einfach auf, irgendetwas zu sagen, und sitze das so lange aus, bis du abhaust.«

Das Geistermädchen schüttelte den Kopf, während seine Augen traurig wurden. »Aufgeben ist keine Option, Leon«, murmelte sie. »Wenn du aufgibst, hast du verloren. Nur wer vorangeht, wird zu seinem Ziel kommen.«

»Meinem Ziel«, schnaubte ich. »Ich rate mal einfach ins Blaue hinein, dass mein ›Ziel‹ die Glückseligkeit ist?« Ich zog meine Mundwinkel zynisch nach unten, während ich sie fragend ansah.

Feli nickte. »Du hast es erfasst.«

»Und wenn ich dir sage, dass ich auf dieses ›Ziel‹ scheiße?!«, fuhr ich sie an. »Wenn ich dir sage, dass ich meine Ziele selbst wähle? Dass ich selbst bestimme, was ich will?!«

Sie zuckte leicht zusammen, aber ihr Blick ruhte immer noch auf mir. »Dann sind wir wieder am Anfang«, meinte sie schulterzuckend. »Dann ist alles, was du bisher getan und von mir erfahren hast, für nichts gewesen.«

Ich schloss die Augen und atmete langsam ein und aus. »Das bedeutet, du gehst mir so lange auf die Nerven, bis ich mein ›Ziel‹ erreicht habe.«

Ich brauchte Felis Nicken nicht zu sehen, denn es war keine Frage gewesen.

Lange Zeit sagte sie nichts und als ich meine Augen wieder öffnete, war ich sogar überzeugt, dass sie weg war. Doch sie stand immer noch am selben Ort und musterte mich abwartend.

»Okay«, nickte ich und hob kapitulierend die Hände. »Okay. Ich sehe, dass ich keine andere Wahl habe. Aber gib mir wenigstens einen Hinweis darauf, was der nächste Schritt ist.«

Feli trat einen Schritt auf mich zu und beugte sich zu mir herunter. »Du weißt es bereits, Leon.«

Ehe ich sie verfluchen, anschreien oder beleidigen konnte, löste sie sich einfach in Luft auf. Ich blieb mit offenem Mund auf dem Sofa sitzen und starrte ein Loch in die Luft, dort, wo sie eben noch gestanden hatte.

Prima. Einfach prima. Ich sollte also den nächsten Schritt machen, um mein Glück zu finden, aber Plagegeist hielt es nicht mal für notwendig, mir diesen zu zeigen! Herrlich. Echt.

*Ich hasste Geister!*

Als es Abend wurde, ging ich zur Telefonzelle und wählte die Nummer meines Kumpels Jens. Er ging bereits nach dem ersten Klingeln ran.

»Leon?«

Er schien sich meine ›neue‹ Telefonnummer gespeichert zu haben.

»Ja, ich bin's. Hast du heute Abend was vor?«

Jens schnaufte leise. »Nö. Die Alte hat mich abserviert. Weiber sind doch alle gleich bescheuert!«

Oh, Jens war sogar in der gleichen Stimmung wie ich. Perfekt.

»Treffen wir uns auf ein Bier?«, fragte ich, während ich das Kabel des Telefons um meinen Finger wickelte.

»Klar. Jetzt gleich?«

»Ja. In einer Viertelstunde im ›Red Carpet‹?«

»Gut, bis dann.«

Er legte auf und ich verließ mit einer etwas besseren Laune die Telefonzelle. Es tat gut, zu wissen, dass ich nicht der Einzige war, dem die Frauen auf den Sack gingen – und mit Jens über dumme Weiber herzuziehen, war genau das, was ich jetzt brauchte.

Das ›Red Carpet‹ war eine Bar, die von einem Holländer namens Daan geführt wurde. Jens mochte sie, da Daan auch noch ›besondere‹ Specials im Angebot hatte. Natürlich nur im Hinterzimmer und nur, wenn man ihn so wie Jens schon länger kannte. Ich hatte bisher nie Gebrauch von den Wundertüten gemacht, womöglich würde ich heute damit anfangen.

*Hey, wer wusste schon, ob das nicht der Start in meine Glückseligkeit würde?*

Als ich die Bar betrat, winkte mir Daan vom Tresen zu und ich nickte zurück, während ich mich nach einem Platz umsah. Um diese Zeit war das Lokal gut besucht, denn es lag direkt im Herzen der Stadt und somit nutzten viele Geschäftsleute die Gelegenheit, einen Absacker nach einem anstrengenden Arbeitstag zu trinken.

Daan hatte die Bar fast schon liebevoll eingerichtet. Überall hingen Bilder, die ihn wohl an die Grachten von Amsterdam erinnern sollten. Deko-Windmühlen, Schiffchen und Vasen mit Tulpen vervollständigten den Eindruck, dass er noch sehr an seiner Heimat hing. Es gab mehrere Nischen, die mit schwarzem Leder eingekleidet waren und im schummrigen Licht der Kerzen glänzten, die auf den Tischen standen. Alles in allem war es ziemlich gemütlich hier – ideal, um einen Absturz zu riskieren.

Ich setzte mich in eine freie Nische und bestellte bei der Bedienung, die herbeigeeilt kam, ein großes Dunkles, während ich die anderen Gäste beobachtete.

Wie erwartet waren die meisten von ihnen Geschäftsleute in Anzügen. Ein paar Studentinnen hatten sich ebenfalls an einem Tisch versammelt und gackerten, was das Zeug hielt. Anscheinend feierten sie einen Junggesellinnenabend, denn eine davon trug einen Schleier und ein Krönchen.

Ich verdrehte leicht die Augen und nahm dankbar das Bier entgegen, das mir die Bedienung hinstellte. Mein erster Schluck Alkohol seit zwei Wochen.

Als ein dünner, hochgewachsener Typ in grüner Tweedjacke eintrat, winkte ich ihm zu. Jens war nicht das, was man als ›attraktiv‹ bezeichnen würde. Dennoch strahlte er einen gewissen Charme aus, dem die wenigsten Frauen widerstehen konnten. Seine Hundeaugen taten ihr Übriges, um sie reihenweise flachzulegen.

Er entdeckte mich sofort und kam mit einem schiefen Grinsen auf mich zu. »Na, wie geht's dem Patienten?«, fragte er, während er mir auf die Schulter klopfte und sich dann neben mich in die Nische setzte.

»Nächste Woche bin ich wieder einsatzfähig«, erklärte ich.

»Na, wenigstens finden Frauen Narben attraktiv«, lachte Jens und deutete auf meine Hand, die ich um das Bier gelegt hatte.

Ich besah mir die Narbe und schüttelte den Kopf. »Glaub mir, von Frauen hab ich im Moment die Nase gestrichen voll.«

»Dann geht's dir so wie mir«, nickte mein Kumpel und bestellte sich ebenfalls ein Bier.

»Was war denn mit deiner ›Doppel-D und Knackarsch‹-Tussi?« Eigentlich war es mir egal, aber es gehörte sich nun mal, dass ich wenigstens kurz nachfragte.

Jens winkte zum Glück ab. »Lass uns nicht von der Kuh reden. Ich bin froh, dass ich sie los bin.«

Ich nickte und prostete ihm zu, da er nun auch ein Bier vor sich stehen hatte. »Auf einen Abend ohne Frauen.«

»Prost!« Jens trank einen großen Schluck und seufzte. »Bier ist eh besser als Sex.«

Ich grunzte und beobachtete die Studentinnen schräg gegenüber, die anscheinend schon die eine oder andere Flasche Prosecco intus hatten.

Kopfschüttelnd wollte ich mich von ihnen ab- und meinem Bier wieder zuwenden, da gefror etwas in mir. Eines der Mädchen, das mir den Rücken zugekehrt hatte, erhob sich und drehte sich in die Richtung, in der die Toiletten lagen. Dabei wandte sie sich uns zu – und ich konnte ein Keuchen nicht unterdrücken.

Verdammt. Stella.

Ja, es war sie, ganz eindeutig. Auch wenn sie um einiges aufgepimpter aussah, als ich sie bisher kannte. Sie trug einen knappen schwarzen Minirock, dazu dunkle Pumps. Oben irgendetwas Helles, das mich aber nicht interessierte, da mein Blick über ihre langen Beine glitt und dort hängen blieb.

Sie schien mich zum Glück noch nicht gesehen zu haben, denn sie setzte sich leicht torkelnd in Bewegung. Allerdings würde sie in drei Sekunden an unserem Tisch vorbeikommen.

Nein. Ich hatte absolut keinen Bock darauf, mit ihr zu sprechen. Und ich war mir sicher, dass es ihr ebenso ging. Daher beugte ich mich rasch unter den Tisch und tat so, als sei mein Schnürsenkel offen. Ich konnte sehen, wie ihre Beine an uns vorbeigingen, und atmete leise aus, während ich mich wieder aufrichtete.

»Was war denn das?«, wollte Jens wissen, der Stella nachgesehen hatte und sich nun zu mir wandte. »Kennst du die?«

»Leider«, seufzte ich und trank einen Schluck.

»So viel zu einem ›Abend ohne Frauen‹«, brummte Jens. »Die sieht aber nicht schlecht aus – wenn man auf rote Haare steht …«

Ich knurrte etwas Unverständliches und leerte mein Bier in einem Zug.

*Wenn der wüsste …*

»Ich werd mir das mal an der Bar nachfüllen lassen«, meinte ich und deutete auf mein leeres Glas.

Jens runzelte die Stirn. »Aber die Bedienung kommt doch eh … Ah, verstehe, du willst der Rothaarigen ausweichen.« Er hob die Augenbrauen. »Na dann, viel Erfolg.«

Ich nickte ihm zu und erhob mich, um zur Bar zu gehen, die von den Toiletten aus nicht gesehen werden konnte. Damit würde ich verhindern, dass mich Stella auf dem Rückweg entdeckte. Hätte ich geraucht, hätte ich eine spontane Zigarettenpause eingelegt. So musste eben Daan mich unterhalten, bis die Gefahr gebannt war.

# 13

## Einsatz für den Wikinger

Na, was geht?« Daans holländischer Akzent hätte jeden Schweizer Käse augenblicklich in einen Edamer verwandelt.

»Alles gut, und bei dir?«, fragte ich mit halbherzigem Interesse, während ich die Richtung im Auge behielt, in die Stella gegangen war.

»Bist allein hier?« Daan wischte sich eine seiner dunkelblonden Haarsträhnen zurück.

Bei Mädchen kam er mit seinen langen Haaren, den stechend blauen Augen und dem Ziegenbärtchen bestimmt supertoll an. Nicht zu vergessen die Bodybuilderfigur, die er stets mit einem besonders engen Shirt betonte. Insgeheim war ich mir sicher, dass Daan ein direkter Nachfahre der Wikinger sein musste.

Ich hielt ihm mein leeres Bierglas entgegen. »Ne, bin mit Jens hier. Kannst mal auffüllen?«

Während Daan mir ein zweites Bier ausschenkte, bemerkte ich zwei Typen, die in Richtung Toiletten steuerten. Ich beobachtete sie kurz, ehe mich der Barkeeper mit einer Frage zum letzten Fußballspiel (das ich nicht geschaut hatte) ablenkte. Gerade als ich ihm sagen wollte, dass ich in letzter Zeit nicht so viel Bock auf Fernsehen gehabt hätte, hörte ich eine hysterische Frauenstimme. Ich erkannte sie sofort, denn mein ganzer Körper reagierte auf sie.

»Was ist denn dort los?«, fragte Daan stirnrunzelnd und ging um die Theke herum.

Ich ließ mein Bier auf dem Tresen stehen und folgte ihm zu den Toiletten, wo wir nach kurzer Zeit Stella entdeckten, die anscheinend von den beiden Typen bedrängt wurde. Einer von ihnen hatte ihr eine Hand in den Nacken gelegt und versuchte, sie an sich zu ziehen. Der andere hielt mit seiner Handykamera drauf und grölte. Sie waren sturzbetrunken. Alle drei – auch Stella, denn sie konnte sich kaum wehren, nur wütend kreischen.

Der Anblick ließ alles in mir auf Alarm stellen. Ich überholte Daan und boxte den Typen mit der Kamera so hart in die Seite, dass er laut aufkeuchte und sein Handy fallen ließ. Ich nahm mir keine Zeit, zu sehen, ob er in die Knie sank oder nicht, denn ich wirbelte herum und riss dem anderen Stella aus den Armen.

Sie torkelte und stieß schmerzhaft gegen meine Brust. Während sie in mein Shirt nuschelte und etwas von wegen ›loslassen‹ rief, knüpfte sich Daan die beiden Kerle vor. Er war – wie erwähnt – eine beeindruckende Gestalt und ich entsprechend ziemlich froh, in diesem Moment auf MEINER Seite zu stehen und nicht auf der der zwei Deppen, die Stella belästigt hatten. Denn Daan verfrachtete sie kurzerhand vor die Tür und dabei sprang er nicht zimperlich mit ihnen um. Ich war mir sicher, dass beide mit ein bisschen mehr als dem sprichwörtlichen blauen Auge davonkamen.

Erst als die Kerle von Daan nach draußen bugsiert worden waren, ließ ich Stella los. Mir war gar nicht aufgefallen, dass ich sie so fest gehalten hatte, dass sie kaum noch Luft bekam.

»Geht's dir gut?«, fragte ich, während ich mit der Hand über ihren Kopf strich.

Sie sträubte sich, boxte mir gegen die Brust, dann hob sie jedoch den Blick und sah mich an – und in diesem Moment erkannte ich, dass ich sie nie wieder vergessen könnte. Ihre Augen, die so voller Angst und Wut waren, wurden schlagartig von einer Wärme erfüllt, während sie zu begreifen schien, dass *ich* es war, der sie festgehalten hatte. Ihr Mund war zwar zu einer Linie zusammengekniffen, in Bereitschaft, mir die gemeinsten Dinge an den Kopf zu werfen, aber das Einzige, was über ihre Lippen kam, war mein Name.

»Leon?«

Ich nickte und suchte ihren Körper mit meinen Blicken ab, um mich zu vergewissern, dass die Schweine ihr nicht mehr als einen Schrecken zugefügt hatten. »Geht es dir gut?«, wiederholte ich.

»Ja«, hauchte sie, ehe sie einen Schritt von mir zurückwich und versuchte, an der gegenüberliegenden Wand Halt zu finden. »Geht. Etwas schwindelig.«

Ich runzelte die Stirn und trat näher zu ihr. »Du bist sternhagelvoll«, stellte ich fest.

Natürlich musste sie den Kopf schütteln und mich anfunkeln. »Nein.«

»Doch.«

»Leon?«, erklang Daans Stimme hinter mir. »Alles okay bei euch?«

Ich wandte mich zum Barkeeper um und nickte. »Ja. Ich bringe sie nach Hause.«

Daan warf Stella einen prüfenden Blick zu. »Kennst du sie?«

»Ich weiß, wo sie wohnt, wenn du das meinst«, antwortete ich, während ich wieder auf Stella zuging. »Komm, ich bring dich hier weg.«

»Nein«, protestierte das rothaarige Mädchen und hob den Zeigefinger. »Du bringst mich nirgendwo hin, du ... du ...« Anscheinend fehlten ihr gerade die Beleidigungen. »Schuft.«

Ich lachte leise. »Schuft. Na wenn das alles ist ...«

Daan sah mich skeptisch an, aber er kannte mich schon eine Weile und wusste, dass ich kein Arschloch war – also zumindest nicht Frauen gegenüber – also zumindest nur verbal.

»Komm, wir holen deine Sachen.« Ich streckte Stella meine Hand hin, aber sie ging (korrigiere: schlingerte) hoheitsvoll an mir vorbei. »Frauen ...«, murmelte ich und folgte ihr, während Daan wieder zur Bar zurückkehrte.

Ihre Freundinnen sahen mich mit großen Augen an und kicherten, während ich Stella half, in ihre Jacke zu schlüpfen. Ihre Bewegungen waren so abgehackt und fahrig, dass ich sie mehr als einmal stützen musste, sonst wäre sie mit der Nase auf den Tisch geknallt.

Jens sah uns amüsiert dabei zu, dann erhob er sich, um sich von mir zu verabschieden. Während ich ihm Geld für meine Getränke zusteckte, entging mir nicht, dass mein Kumpel den Mädchen zuzwinkerte. Er würde auch ohne mich einen unterhaltsamen Abend haben – wie rasch sich Vorsätze doch über den Haufen werfen ließen ...

»Was fällt dir eigentlich ein«, protestierte Stella, als wir draußen vor der Bar waren und ich versuchte, sie davon abzuhalten, lebenden Dummy für die entgegenkommenden Autos zu spielen.

»Ich habe dich gerade gerettet – sieht so deine Dankbarkeit aus?«, brummte ich und zog sie zum wiederholten Mal von der Bordsteinkante zurück auf den Gehsteig.

Sie torkelte einen Augenblick, dann blieb sie stehen und sah mich mit ihren funkelnden Augen an. »Du mischst dich in mein Leben ein!«

»Ach? Und was war das, als du begonnen hast, dich mit mir auf Facebook rumzuprügeln, und dann auch noch in meine Wohnung kamst?« Ich zog sie weiter und sie stolperte hinter mir her.

»Das war was anderes!«, rechtfertigte sie sich. »Das war … Vorsorge.«

»Vorsorge. Ha!«

»Ja. Ich habe ganz viele davor bewahrt, dass sie von dir gemobbt werden!« Sie hob den Zeigefinger und fuchtelte vor meiner Nase herum.

»Ja, genau. Du bist die Mutter Theresa der Mobbingopfer«, schnaubte ich.

»Und du das Arschloch der … der …« Alkohol schien sie nicht gerade schlagfertig zu machen. »Ach, du bist einfach ein Arschloch«, grummelte sie und torkelte weiter die Straße entlang, die in ihrer Wahrnehmung wohl ein paar Kurven mehr besaß, als ich tatsächlich sehen konnte.

»Von hier ist es mindestens noch eine Viertelstunde bis zu dir nach Hause«, stellte ich fest. »Ich rufe uns ein Taxi.«

»Ich sitze bestimmt nicht neben dir in einem engen Raum«, maulte Stella und machte zwei unfreiwillige Ausfallschritte, als sie um eine Straßenlaterne einen Bogen machen wollte. Dabei trat sie unbeholfen auf die Bordsteinkante und wäre gestürzt, hätte ich sie nicht aufgefangen.

»Himmel! Pass doch auf!«, knurrte ich.

»Lass mich los!« Sie riss an ihrem Arm, den ich geistesgegenwärtig festgehalten hatte.

»Hör zu, du betrunkene Nase«, sagte ich, ohne sie loszulassen. »Entweder ich werf dich über den Rücken und trage dich nach Hause oder ich ruf uns jetzt ein Taxi. Das hier wird mir zu gefährlich!«

»Als ob du mich tragen könntest!«, höhnte sie. »Du bist doch viel zu …«

»Pass auf, was du sagst.« Mein Tonfall war eisig. Ich hatte definitiv keine Nerven, mich beleidigen zu lassen.

Stella stutzte einen Moment, da sie trotz ihrer Betrunkenheit zu merken schien, dass sie langsam aufpassen musste, was sie von sich gab. »Warum konnte nicht Daan mit mir nach Hause kommen?«, fragte sie stattdessen. »Er ist viel stärker und größer und …«

Ich unterbrach sie, indem ich sie nahe an mich zog und ihr den Finger an die Lippen legte. Dann beugte ich mich zu ihr hinunter, bis mein Mund an ihrem Ohr lag. »Ich sagte bereits: Pass auf, was du sagst«, raunte ich.

Sie zögerte tatsächlich einen Moment, dann stieß sie mich mit überraschender Kraft von sich. »Fass mich nie wieder an!«, fauchte sie. »Du bist ein Nichts! Ein Niemand! Lass deine dreckigen Hände von mir oder ich rufe um Hilfe!«

Ich sah mich besorgt um, da sie viel zu laut war und sich tatsächlich schon Passanten nach uns umdrehten. »Okay«, meinte ich in versöhnlicherem Tonfall. »Ich bringe dich jetzt nach Hause und dann lasse ich dich ein für alle Mal in Ruhe. Und jetzt rufe ich uns ein Taxi.«

Ehe Stella weiter protestieren konnte, winkte ich einem Wagen zu, der kurz darauf bei uns anhielt.

Wenige Minuten später standen wir vor ihrem Wohnblock. Das heißt: Ich stand. Stella hatte sich an mich gelehnt. Die warme Luft im Taxi schien ihr nicht gut bekommen zu sein, sie sah ungesund weiß um die Nase aus.

»Oh Mann, mir ist soooo schlecht«, stöhnte sie und hielt sich die Hand vor den Mund.

»Wir können noch kurz hier warten«, schlug ich vor. »Die Nachtluft wird dir die Übelkeit etwas vertreiben.«

Jetzt hob sie den Blick und sah mich aus schmalen Augen an. »Nein. Geh. Ich kann das allein.«

Das bezweifelte ich, aber ich hatte inzwischen gelernt, dass es nichts brachte, ihr dies zu sagen. Daher ließ ich einfach Taten folgen und zog sie mit mir zu einer Parkbank, die in der Nähe stand.

»Setz dich«, befahl ich und drückte sie an den Schultern auf die Sitzfläche.

Sie gehorchte erstaunlich brav, anscheinend ging es ihr wirklich nicht gut.

Ich sah mich kurz um – in der Nähe lag ein Kiosk, in dem noch Licht brannte. »Bin gleich wieder da«, murmelte ich und rannte zu dem Laden, dessen Besitzer anscheinend gerade dabei war, zu schließen. »He! Ich brauch dringend noch eine Flasche Wasser!«, rief ich dem Mann zu, der sich stirnrunzelnd zu mir umdrehte.

»Wasser?«, fragte er perplex. Anscheinend hätte er bei mir eher Wodka erwartet.

»Ja«, nickte ich und streckte ihm eine Handvoll Münzen hin. »Hier, den Rest können Sie behalten.«

Der Mann zuckte mit den Schultern und ging nochmals in seinen Laden, um eine Wasserflasche zu holen, die er mir kurz darauf in die Hand drückte. »Die ist gratis. Schönen Abend«, wünschte er mir noch, dann schloss er die Tür ab und schritt in die entgegengesetzte Richtung, aus der ich gekommen war.

Ich sah ihm überrascht hinterher, in einer Hand die Münzen, in der anderen die kühle Wasserflasche.

Rasch kehrte ich zu Stella zurück, die inzwischen eine ziemliche Schieflage auf der Parkbank aufwies. Ich stützte sie und hielt ihr die geöffnete Wasserflasche an den Mund. »Trink.«

Sie zögerte.

»Das ist normales kaltes Wasser, ich will dich nicht vergiften.« Ich rollte mit den Augen. »Das wird dir guttun. Am besten leerst du die ganze Flasche.«

Endlich nahm sie ein paar Schlucke und sank dann gegen meine Schulter. »Danke«, murmelte sie in meine Lederjacke.

Ich trank selbst etwas von dem Wasser, das kühl meine Kehle hinunterrann. Als ich die Flasche absetzte, schoss mir der Gedanke durch den Kopf, dass eben noch Stellas Lippen an genau dieser Stelle auf dem Plastik gelegen hatten.

*Dumme Gedanken! Richtig, richtig dumm!*

Ich hielt ihr die Flasche wieder hin und wartete, bis sie über die Hälfte in einem Zug ausgetrunken hatte. Danach schien es ihr etwas besser zu gehen, ihr Blick war nicht mehr ganz so unstet, als sie mich ansah.

»Danke«, wiederholte sie.

»Du musst mir nicht danken«, brummte ich. »Die war gratis.«

»Das Taxi aber nicht. Ich bezahle es dir.«

Ich schüttelte den Kopf. »Lass stecken.«

Sie nickte und senkte den Blick auf die Flasche. »Tut mir leid«, flüsterte sie.

»Was denn?« Ich hob fragend eine Augenbraue.

»Dass du mich so betrunken erlebst.« Es schien ihr wirklich peinlich zu sein, sie konnte mir kaum in die Augen sehen.

»Ich war auch schon das eine oder andere Mal betrunken«, meinte ich schulterzuckend. »Ist ja nichts Verwerfliches.«

Sie schüttelte den Kopf. »Doch.«

Mein Schnauben klang fast schon belustigt. »Du findest es verwerflich, betrunken zu sein, aber nicht, zu einem wildfremden Typen in die Wohnung zu gehen?«

Wieder schüttelte sie den Kopf. »Das ist nicht dasselbe. Du warst kein wildfremder Typ. Ich hatte dich wochenlang ausspioniert …«

Eine Gänsehaut rann über meinen Rücken, während ich sie mit zusammengezogenen Augenbrauen ansah. »Wochenlang?«, wiederholte ich gedehnt.

Sie nickte. »Ja. Ich … Es tut mir leid …«

»Hör auf, dich zu entschuldigen«, knurrte ich unwirsch. »Warum hast du mich ausspioniert?«

Wieder konnte sie mir nicht in die Augen sehen, stattdessen begann sie, mit dem Etikett der Flasche herumzuspielen, es in kleinen Stücken vom Plastik zu reißen. Anscheinend war es ein Tick von ihr, die Finger zu beschäftigen, wenn sie etwas Unangenehmem ausweichen wollte.

»Warum?«, wiederholte ich und legte einen Zeigefinger an ihr Kinn, um es anzuheben.

Sie entzog mir ihr Gesicht, starrte die Straße entlang und trank erneut einen Schluck Wasser. »Ich musste Gewissheit haben«, sagte sie so leise, dass ich erst nicht ganz sicher war, ob ich sie richtig verstanden hatte.

»Worüber?«, drängte ich.

Je länger sie eine Antwort hinauszögerte, umso nervöser wurde ich.

Lag ich vielleicht mit meinem Verdacht, dass der Tod ihres Bruders etwas mit mir zu tun hatte, doch nicht so verkehrt? Was, wenn es tatsächlich so war? Was würde ich tun? Könnte ich mit dieser Schuld weiterleben?

»Worüber?«, wiederholte ich etwas lauter, sodass sie zusammenzuckte.

Sie sah mich wieder an und in ihren Augen schimmerten Tränen. Aber ihr Mund blieb geschlossen, sie wollte es mir nicht sagen – oder konnte es nicht.

»Hat es etwas mit deinem Bruder zu tun?« Ich hielt die Ungewissheit nicht mehr aus. »Ich weiß, dass er … tot ist … Wieso …«

»Tot?« Sie riss die Augen auf. »Was sagst du da? Woher … Wann … Was ist passiert?!« Sie sprang auf und schien kurz vergessen zu haben, dass sie immer noch betrunken war. Die rasche Bewegung führte dazu, dass die Übelkeit mit einem Schlag zurückkehrte.

Ehe ich ihr irgendetwas antworten konnte, beugte sie sich vornüber und kotzte – und zwar direkt auf meine Hose, da ich zu langsam war, ihr auszuweichen.

# 14

## Vollgekotzte Hose und hüpfende Wolle

Der Abend konnte nur noch besser werden.

Ich war aufgesprungen und fluchte so laut, dass sogar einige Lichter in den Nachbarblocks angingen und jemand aus dem Fenster brüllte, er würde die Polizei rufen.

War mir egal, meine Hose war voller Kotze und Stella schien noch lange nicht fertig zu sein. Immerhin hatte sie sich inzwischen über einen Strauch gebeugt, den sie mit ihrem Mageninhalt bekannt machte.

Ich versuchte, das Erbrochene mit ein paar Grashalmen von meiner Hose zu wischen, was mir nur halbwegs gelang. Es fehlte nicht viel und ich hätte mich mit Stella zusammen über den Busch gebeugt … Ich hasste diesen säuerlichen Geruch fast so sehr wie Spritzen!

Irgendwann hörte sie endlich auf, zu würgen, wischte sich mit dem Ärmel über den Mund und wandte sich mir zu. Aber statt einer Entschuldigung packte sie mich an der Jacke und zog mich zu sich herunter.

»Mein Bruder ist tot?!«, rief sie entgeistert.

Mir schlug ihr alles andere als angenehmer Atem ins Gesicht und ich presste die Hand vor den Mund, um nicht doch noch zu würgen.

»Wann ist das passiert?!«, schrie sie ungeachtet der Tatsache, dass ich gerade unfähig war, ihr zu antworten. »Los! Sag!« Ihre hysterische Stimme schrillte in meinen Ohren.

»Warum weißt du das denn nicht?«, fragte ich, als ich keine Angst mehr hatte, mich übergeben zu müssen. »In der Praxis deines Vaters steht doch ein Bild von ihm mit schwarzem Rahmen …«

Einen Moment lang sah sie mich an, als spräche ich Chinesisch. Dann ließ sie mich abrupt los und begann zu lachen. So laut, dass ich nur noch kopfschüttelnd neben ihr stehen konnte.

*Hatte sie gerade den Verstand verloren?*

Sie deutete mit dem Zeigefinger auf mich, formte mit den Lippen ein »Du« und lachte weiter.

»Ruhe! Oder ich rufe wirklich die Polizei!«, brüllte jemand über uns aus dem Fenster.

Ich zog Stella weg in Richtung ihres Wohnblocks. »Was ist verdammt noch mal so lustig?!«, zischte ich ihr zu.

Stella beruhigte sich nur langsam. Schließlich holte sie japsend Luft, blieb stehen und sah mich kopfschüttelnd an. »Oh Mann, hast *du* mir vielleicht einen Schrecken eingejagt!«, rief sie. »Tu so etwas nie wieder, hörst du?!«

Ich hatte keine Ahnung, wie sie das meinte, und kam immer stärker zu dem Schluss, dass sie wirklich übergeschnappt war.

»Hör zu«, sprach ich betont langsam. »Du scheinst unter Schock zu stehen … Soll ich einen Arzt rufen?«

Sie prustete wieder los und schlug mit der flachen Hand auf meine Schulter, dass es laut klatschte. »Mir geht es gut, keine Sorge«, lachte sie. »Nun ja, etwas flau im Magen ist mir noch …« Ihr Blick fiel auf meine Hose und sie sog leise die Luft ein. »Tut mir leid … Das … Oh Mann, ist das peinlich …« Sie blickte sich suchend um, als stände eine Waschmaschine irgendwo in der Gegend. Dann nickte sie in Richtung ihres Wohnblocks. »Komm mit, ich wasch dir das aus. So kannst du ja nicht nach Hause gehen …«

Anscheinend hatten ihr das viele Wasser sowie das Erbrechen desselben den Kopf tatsächlich wieder klarer werden lassen – oder sie war komplett durchgedreht. Ich verstand ihren Stimmungswandel von ›zerknirscht‹ zu ›entsetzt‹ zu ›hysterisch‹ zu ›amüsiert‹ und ›fürsorglich‹ gerade ganz und gar nicht.

*War es klug, mit einer Verrückten in deren Wohnung zu gehen?*

Womöglich nicht, aber ich musste ihr recht geben, dass ich nicht mit vollgekotzten Hosen nach Hause konnte. Vor allem, weil mein Zuhause nicht mal eben ein paar Gehminuten weg war. Ich würde ein Taxi oder einen Bus nehmen müssen … und kein Fahrer der Welt würde mich in diesem Zustand einsteigen lassen. Ganz zu schweigen von den Blicken, die ich ernten würde.

Also folgte ich ihr zu ihrem Wohnblock.

Kurze Zeit später stand ich ohne Hose in ihrer Wohnung, während sie die verschmutzten Kleider (auch ihr Oberteil hatte etwas abbekommen) in die Waschmaschine stopfte. Als sie zurückkehrte, sah sie mich betreten an. Sie hatte sich umgezogen, trug nun einen braunen Pullover, der zu ihrer Augenfarbe passte. Ihren knappen Rock hatte sie gegen Jogginghosen getauscht.

»Tut mir leid«, wiederholte sie, während sie auf meine nackten Beine deutete. »Ich habe leider nichts für dich da, das du anziehen könntest.«

Ich zuckte mit den Schultern. »Solange es dich nicht stört, dass ich in Boxershorts hier bin …«

Jetzt glitt ein leichtes Lächeln über ihr Gesicht. So zaghaft, dass ich die Stirn runzelte. »Ich … habe dich schon *nur* in Boxershorts gesehen«, schmunzelte sie. »Erinnerst du dich?« Dann wurde sie wieder ernst. »Willst du einen Kaffee? Ich brauch jetzt einen.«

Ich nickte und folgte ihr, während ich mich umsah.

Ich war ja schon einmal hier gewesen, damals hatte ich die Wohnung allerdings kaum wahrgenommen, da Stella meine Aufmerksamkeit voll und ganz für sich beansprucht hatte. Nun jedoch registrierte ich, dass vom Flur, in dem wir uns befanden, vier Türen abzweigten. Der Gang war so schmal, dass wir hintereinandergehen mussten.

Hinter einer der Türen vermutete ich das Badezimmer, hinter den anderen beiden das Wohn- und das Schlafzimmer. Wir steuerten auf die vierte Tür zu, die Küche. Die Einrichtung im Gang war mehrheitlich in Weiß gehalten, mit pinken oder violetten Farbtupfern in Form von Dekozeugs. Stella schien Wert auf eine stimmige Atmosphäre zu legen.

Als wir die Küchentür öffneten, rannte uns ein kleines weißes Fellknäuel entgegen und ich zuckte zusammen. Mist, ich hatte vergessen, dass sie einen Hund hatte. Anscheinend war der bei meinem ersten Besuch in einem der Zimmer gewesen, denn ich hatte ihn nicht gesehen.

»Na, mein kleiner Romeo?«, begrüßte Stella den Schneeball, der winselnd um sie herumhüpfte und alles an seinem Frauchen ableckte, was er erreichen konnte. »Schau mal, das hier ist Leon«, stellte sie mich vor, als erwarte sie, dass der Köter ›guten Tag‹ sagen müsste.

Der kleine Hund (hieß er wirklich Romeo?!) hielt tatsächlich kurz inne, um mich zu mustern, dann leckte er Stella begeistert über das Gesicht, da sie sich zu ihm hinuntergebeugt hatte.

»Er ist erst ein halbes Jahr alt«, erklärte sie, während sie ihn auf den Arm hob. »Ich muss ihn, wenn ich weggehe, in der Küche einsperren, sonst würde er hier drin alles kurz und klein machen.«

»Mhm, eine Kampfratte also«, brummte ich.

Ich mochte keine Tiere …

Stella lachte, da sie meinen Spruch als Scherz interpretierte (hatte es nicht sein sollen). »Ja, genau, ein kleiner Kampfhund«, lächelte sie und stellte das Tierchen wieder auf den Boden. »Mit oder ohne Zucker und Milch?«

Ich kapierte, dass sie nicht den Hund fragte, sondern mich. »Schwarz, ohne Zucker.«

Sie hob den Blick und sah mich kurz an. »Passt irgendwie zu dir«, meinte sie immer noch lächelnd, dann begann sie, an ihrer Kaffeemaschine herumzuhantieren.

Währenddessen schien der kleine Kläffer doch noch Interesse an mir zu entwickeln, denn er schnüffelte neugierig an meinen nackten Beinen. Ich versuchte, ihm auszuweichen, aber das kleine Biest war hartnäckig.

»Kann ich meine Jacke irgendwo ablegen?«, fragte ich, um von dem viel zu aufdringlichen Hund wegzukommen.

»Aber natürlich«, rief Stella. »Entschuldige, häng sie einfach im Flur an den Haken hinter der Tür.«

Ich nickte und verließ fluchtartig ihre Küche. Das hüpfende Wollknäuel folgte mir leider auf den Fersen. Anscheinend nahm der kleine Hund an, dass ich sein neuer Spielkamerad sei. Erst als ich ihm einen Ball warf, den ich auf der Kommode im Flur fand, ließ er mich in Frieden – stattdessen zerstückelte er das Plastik. Jetzt verstand ich, warum Stella den vierbeinigen Zerstörer nicht in ihrer Wohnung herumrennen ließ, wenn er allein war.

Sie kam mir mit zwei dampfenden Tassen entgegen und deutete mit dem Kopf zu einer der verschlossenen Türen. »Setzen wir uns ins Wohnzimmer?«

Ich nickte und nahm ihr eine Tasse Kaffee ab.

Auch das Wohnzimmer war größtenteils in Weiß gehalten. Nur das Sofa war violett (schreckliche Farbe!), aber die Kissen darauf glichen kleinen Wolken.

Das Fellknäuel, das den Ball inzwischen erfolgreich getötet hatte, hüpfte hinter uns her und direkt auf eines der Kissen, das ihm zum Verwechseln ähnlich sah. Es wirkte beinahe, als würde er davon verschluckt.

»Setz dich doch«, meinte Stella und klopfte neben sich auf das Sofa.

Ich folgte ihrer Aufforderung und schlürfte an dem Kaffee. Schön stark, so wie ich ihn mochte.

»Also, ich glaube, ich bin dir ein paar Erklärungen schuldig«, murmelte Stella neben mir.

Als ich mich ihr zuwandte, bemerkte ich, wie stark sich die Farbe des Sofas mit der ihrer Haare biss. Anscheinend hatte sie zwar ein Händchen für Einrichtungen (wenn man auf Violett-Töne stand), aber nicht bedacht, dass Besucher SIE in ihrer Wohnung sahen. Auch der braune Pulli passte absolut nicht zum Rest ihres Zimmers.

Früher (vor Feli) hätte ich wohl einen provokanten Spruch zum Besten gegeben, jetzt biss ich mir bloß auf die Zunge und trank einen weiteren Schluck Kaffee, nachdem ich genickt hatte.

Oh ja, sie schuldete mir wirklich ein paar Erklärungen. Zum Beispiel, warum sie einen Lachanfall bekam, wenn man von ihrem toten Bruder sprach …

»Mein Bruder ist nicht tot«, begann sie und beobachtete mich über den Rand ihrer Tasse hinweg. Der Kaffee tat ihr gut, ihre Wangen bekamen wieder Farbe und die Betrunkenheit schien langsam aus ihrem Körper zu verschwinden.

»Aber warum …«

»… mein Vater ein schwarz gerahmtes Foto auf seinem Tisch stehen hat?«, vollendete sie meine Frage und seufzte. »Nun … Papa hat Sven – so heißt mein Bruder – quasi aus der Familie ausgeschlossen.«

Ich holte leise Luft und stieß sie dann wieder aus. »Wie meinst du das?«, fragte ich perplex.

Sie seufzte erneut. »Papa war so enttäuscht von Sven, dass er gemeint hat, lieber halte er ihn für tot, als dass er weiter einen Sohn hätte.«

Ich grunzte, da ich es erst für einen Scherz hielt. Aber als Stella keine Miene verzog, war ich ehrlich schockiert. »Dein Vater … er hilft tagtäglich fremden Menschen. Und seinen eigenen Sohn spricht er eben einfach mal so ›tot‹?!«

Sie erwiderte meinen Blick und nickte. »Ja. So ist er leider. Wir mögen uns eigentlich nicht, Papa und ich. Seit meine Mutter gestorben ist, sehen wir uns nur noch zu irgendwelchen Feiertagen. Er lässt mich in Ruhe und ich ihn. Das mit deiner Hand … das war eine absolute Ausnahme.«

Mir wurde bewusst, dass es Stella wohl viel Überwindung gekostet hatte, mit mir zusammen zu ihrem Vater zu gehen. Jetzt machte ihr Spruch vor der Praxis auch Sinn, als sie gesagt hatte, sie möge keine Ärzte.

Bei dem Hintergrund verständlich …

»Bist du schockiert?«, fragte sie leise.

Ich nickte. »Ein wenig …«

Jetzt lächelte sie wieder, wenn auch sehr traurig. »Ja, das geht vielen so. Mein Bruder ist ein toller Mensch. Wir haben regelmäßig Kontakt.«

»Aber was ist denn passiert, dass dein Vater seinetwegen so durch den Wind ist?«, wollte ich wissen, ehe ich einen weiteren Schluck Kaffee trank. »Ich meine, dass man seinen Sohn lieber als ›tot‹ bezeichnet und das auch noch in seiner Praxis zelebriert, ist ja schon ein hartes Stück.«

Sie zuckte mit den Schultern und begann, das kleine Fellknäuel zu streicheln, das neben ihr wieder mehr Aufmerksamkeit einforderte. »Ich habe dir ja erzählt, dass wir früher viel im Netz unterwegs gewesen sind, mein Bruder und ich«, begann sie, ohne den Blick von der hechelnden Pusteblume zu nehmen. Sie wartete meine Reaktion nicht ab, sondern fuhr fort. »Mein Bruder … er übertreibt manchmal gern etwas. Aber dieses Mal … er ging einfach zu weit.« Sie holte leise Luft, als müsste sie sich für das, was sie gleich sagen würde, wappnen. »Er hat … er hat sich zum Spaß in die Datenbank einer großen Firma eingehackt. Und wurde erwischt. Das hat ihm eine saftige Gefängnisstrafe von zwei Jahren eingebracht. Für einen angesehenen Arzt wie meinen Vater ein No-Go. Das Foto, das du gesehen hast, stammt von Svens Abschlussfeier, als er sein Jurastudium beendet hatte. Damals hat Papa ihn noch gemocht … jetzt nicht mehr, obwohl Sven bereits seit drei Jahren aus dem Gefängnis raus ist. Mein Bruder hat Vaters Ablehnung und sein Verhalten nie so richtig verkraftet. Er ist auf die schiefe Bahn geraten, hat eine Menge Alkohol getrunken.«

Ich sah sie forschend an. »War das Bier, das du bei mir geklaut hast, für ihn?«

»Du hast es rausgefunden«, stellte sie fest und erwiderte meinen Blick. »Tut mir leid. Ich habe aus dem Affekt gehandelt. Als ich deine Biervorräte sah, hatte ich Angst, dass du den Alkohol zusammen mit den Tabletten nehmen könntest – und sie vorsichtshalber weggeräumt. Weißt du, Sven hat das einmal gemacht, als er … Es war schlimm.« Sie senkte den Blick wieder auf ihren Hund. »Ich zahle dir das Geld dafür zurück.«

»Nicht nötig«, brummte ich.

Immerhin verstand ich jetzt, warum ich mit einem Schlag kein Bier mehr in meiner Wohnung gehabt hatte. Womöglich hatte sie mich für gleich labil wie ihren Bruder gehalten und lieber vorgesorgt.

»Tut mir leid«, murmelte sie.

»Ich sagte schon ein paar Mal, hör auf, dich ständig zu entschuldigen.«

»Du hast recht. Es tut mir eigentlich nicht leid«, nickte sie. »Ich hatte nur Angst um dich. Du sahst nach dem Besuch bei meinem Vater so fertig aus …«

Ich schüttelte den Kopf. »Wenn ich das alles gewusst hätte, hätte ich mich nicht von ihm verarzten lassen.«

Jetzt lachte Stella leise auf und zum ersten Mal an diesem Abend löste ihr Lachen wieder dieses warme Gefühl in meinem Bauch aus. Denn es galt mir.

»Ach Leon, du hättest dich sehen sollen ... Du hättest in jedem Horrorfilm eine erstklassige Besetzung abgegeben – egal ob als Zombie oder blutverschmierter Axtmörder, du hättest die Rolle bekommen.« Sie sah mich vielsagend an. »Ich habe dir quasi das Leben gerettet, indem ich dich zu meinem Vater brachte. Zudem ... soll er auch mal was Gutes tun, wenn er sonst schon so ein verkorkster Mensch ist.«

Ich nickte. Da hatte sie auch wieder recht.

»Und wie kam es nun dazu, dass du in meine Wohnung gekommen bist?«, lenkte ich ihre Aufmerksamkeit wieder auf die Tatsache, dass ich noch ein paar Antworten von ihr wollte.

Erneut wich Stella meinem Blick aus und trank stattdessen einen Schluck Kaffee. Ich wartete, bis sie die Tasse absetzte, dann griff ich danach und nahm sie ihr aus der Hand, um das Getränk auf den Beistelltisch neben dem Sofa zu stellen.

»Hör zu«, murmelte ich. »Ich bin nicht der geduldigste Mensch. Erzähl mir einfach, warum du ein Fake-Profil deines Vaters angelegt hast – und mich in meiner Wohnung besuchen kamst. Das ist alles, was ich wissen will, danach lasse ich dich in Ruhe.«

Sie kaute auf ihrer Unterlippe herum, während sie nach den richtigen Worten suchte. »Du wirst mich für verrückt halten«, flüsterte sie.

Ich verengte die Augen und sah sie an. »Das habe ich bereits, als du einen Lachanfall wegen deines toten Bruders bekommen hast. Und trotzdem sitze ich hier. Also versuch's.«

Sie nickte und holte Luft. »Ich habe von dir geträumt.«

Ich hatte gerade einen Schluck Kaffee trinken wollen, jetzt verbrühte ich mir meine Zunge daran und hustete. »Wie meinst du das?«

»Ich habe von dir geträumt«, wiederholte sie. »Als … als ich dich noch nicht kannte. Du bist mir im Traum erschienen und hast mich gebeten, dir zu helfen. Du hast mir gesagt, wo ich dich finden könnte. Wie dein Profilbild auf Facebook aussieht, wie dein Name dort lautet …« Sie schüttelte sich, als wäre ihr kalt. »Es war beunruhigend. Sehr beunruhigend … als ich dann wirklich das Facebookprofil fand. Und als ich nach einiger Recherche ein Foto von dir sah – genau so wie in meinem Traum.«

Ich runzelte die Stirn, während ich versuchte, aus ihren Worten schlau zu werden. Wenn sie tatsächlich recht hatte, dann musste Feli dahinterstecken. Eine andere Erklärung dafür, warum Stella von mir hätte träumen sollen, fand ich nicht.

Sie fuhr fort und jetzt begann sie, im Fell des Wollknäuels herumzupulen, während dieses sich genüsslich räkelte. »Ich dachte im ersten Moment, dass das vielleicht ein Zufall ist. Dass ich mich nicht richtig an den Traum erinnere. Aber dann … als du vor mir standest … Deine Stimme. Deine Augen.

Alles war genau so wie in meinem Traum. Als wärst du daraus entsprungen und lebendig geworden.«

*Feli hatte mir so EINIGES zu erklären, wenn ich wieder in meiner Wohnung war!*

»Wie hast du das gemeint mit dem, dass ich dich um Hilfe gebeten habe?«, wollte ich wissen.

Stella hob den Blick und sah mich ratlos an. »Ich weiß es nicht. Du hast es mir nicht gesagt – also der Traum-Leon … Also …« Sie brach ab und kaute wieder auf ihrer Unterlippe herum.

Ich seufzte, stellte meinen Kaffee zur Seite und fuhr mir mit allen zehn Fingern durch die Haare. »Gut«, murmelte ich. »Also angenommen, du hast tatsächlich von mir geträumt und keine Drogen genommen …« Sie sah mich schockiert an, aber ich winkte mit der Hand ab. »Angenommen, das ist alles so, wie du gesagt hast … dann ist deine Aufgabe ja jetzt erfüllt, oder? Du hast mir – wie du selbst sagst – das Leben gerettet … auch wenn ich es nicht so melodramatisch ausdrücken würde. Du hast mich lediglich zum Arzt gebracht und vor einer Lungenentzündung bewahrt. Aber die Quintessenz ist: Du hast mir geholfen. Und ich habe dich heute in der Bar vor zwei Betrunkenen gerettet und nach Hause gebracht. Wir sind quitt, oder? Ich werde – nachdem ich meine Hose wiederhabe – hier rausgehen und du lässt mich in Ruhe. Ebenso wie ich dich. Okay?«

Stella musterte mich stumm, dann nickte sie. »Okay.«

Ich hasste es, dass es nur ein einziges Wort ihrerseits brauchte, um mein Herz zum Stolpern zu bringen. Denn so wie sie dieses Wort aussprach, war gar nichts okay. Überhaupt nichts.

# 15

## Tschüss, Leon

Meine Hose war zwar noch nicht ganz trocken und zwickte im Schritt, aber das war mir egal. Hauptsache, ich kam von Stella und ihrem hechelnden Schneeball weg.

Wir redeten nicht mehr viel. Ich hatte den Verdacht, dass sich bei ihr langsam die Kopfschmerzen meldeten – nach dem, was sie an Alkohol intus hatte, kein Wunder. Sie schien beinahe schon erleichtert zu sein, als ich ihre Wohnung endlich verließ (*ich* war es auf jeden Fall). Womöglich wünschte ich mir aber auch einfach, Erleichterung in ihren Augen zu lesen, als ich mich mit einem kurzen ›Mach's gut‹ von ihr verabschiedete. Die peinliche Sequenz, als keiner von uns wusste, ob wir uns die Hand schütteln oder uns umarmen sollten, überspringe ich jetzt mal.

Nachdem ich wieder auf der nächtlichen Straße stand, begann es zu regnen. Ich fluchte leise, während ich den Kragen meiner Jacke aufstellte, die Schultern hochzog und mit den Händen in den Hosentaschen den Bürgersteig entlangeilte.

Letztes Mal, als ich von Stellas Wohnung nach Hause gegangen war, hatte ich das Glück gehabt, eine Bushaltestelle ein paar Blocks weiter zu entdecken. Leider war diese nun verlassen und als ich auf dem Fahrplan nachsah, musste ich enttäuscht feststellen, dass der nächste Bus erst in einer Stunde käme. Dann Option zwei: Taxi.

Da ich ja kein Handy mehr hatte, musste ich einfach auf mein Glück hoffen. Leider erschien dieses nicht in Form eines Taxis, sondern in der von Feli.

Gerade als ich die Haltestelle verlassen wollte, tauchte sie einfach so neben mir auf. Ich unterdrückte einen leisen Schrei und fluchte, was sie ihrerseits zusammenzucken ließ.

»Scheiße! Kannst du dich nicht wenigstens kurz ankünden, ehe du einfach so auftauchst?!«, fuhr ich den Geist an. »Deinetwegen bekomme ich noch einen Herzinfarkt!«

»Du bist kerngesund, Leon, so rasch bekommst du keinen Herzinfarkt«, meinte Feli mit schief gelegtem Kopf.

Zum ersten Mal entdeckte ich Unterschiede zu Stella, obwohl der Glücksbringergeist im Grunde genau gleich (wenn auch durchsichtig) aussah. Feli hatte eine ganz andere Art, ihren Kopf zu neigen. Ihre Augen funkelten zwar auch, aber die Wärme, die ich bei Stella ab und an entdeckte, fehlte bei Feli. Auch die Art, wie der Geist nun die Lippen schürzte, passte nicht zu Stella.

»Du bist der dümmste Idiot, den es gibt«, warf sie mir aus heiterem Himmel an den Kopf (womöglich hatte sie doch etwas mehr mit Stella gemein, als ich gerade sehen wollte – diese Worte hätten auch von der lebendigen Variante stammen können).

Ich starrte sie fassungslos an, während der Geist begann, neben mir auf und ab zu wandeln.

»Mann, manchmal wünschte ich, ich könnte dich packen und so richtig durchschütteln!«, fuhr sie gereizt fort. »Ich wünschte es wirklich!«

Ich verschränkte die Arme vor der Brust und beobachtete, wie sie stehen blieb, zu mir herumwirbelte und dann mit erhobenem Zeigefinger auf mich zu schwebte.

»Weißt du, wie schwer es ist, wenn man seine Schützlinge nur beraten, ihnen aber nicht sagen kann, was sie zu tun haben?!« Sie schnaufte entrüstet. »Sehr schwer! Sehr, sehr schwer! Und ich bin gerade kurz davor, meine Regeln zu brechen und dich mit der Nase auf dein Glück zu stoßen!«

Es war mir vollkommen unverständlich, was den ansonsten stets debil lächelnden Plagegeist in solche Rage versetzt haben könnte. Aber ich ließ sie reden, womöglich würde sich das von selbst aufklären.

»Wie kann man so dämlich sein und das Glück nicht sehen, wenn es direkt vor einem steht?!«, empörte sie sich weiter. »Wie selten blöd muss man sein, es nicht mit beiden Händen greifen und festhalten zu wollen?! Wie unglaublich naiv muss man …«

*Gut, das reichte jetzt.*

Ich hob die Hände, um sie in ihrer Beleidigungstirade, die wohl noch eine halbe Stunde gedauert hätte, zu unterbrechen. »Hör auf damit«, knurrte ich. »Und erklär mir lieber, warum du Stella im Traum erschienen bist – in MEINEM Körper!«

Feli sah mich mit großen Augen an.

»Ja, ich weiß, was du getan hast«, nickte ich. »Du hast sie manipuliert, sie auf mich angesetzt. Aber das hat jetzt ein Ende, verstanden? Ein für alle Mal! Keine Ahnung, was du mit ihr vorhattest, aber ich spiele nicht mehr mit. Und was Stella angeht: Lass sie in Ruhe, hörst du?! Sie hat nichts mit mir zu tun und ganz sicher nicht mit dir! Dass du sie manipulierst, ist einfach … es ist abscheulich, kapiert?!«

Felis Augen wurden noch eine Spur größer, dann verzogen sich ihre Mundwinkel schlagartig nach oben und sie begann, wieder grenzenlos dämlich zu grinsen. »Oh«, hauchte sie. »Oh … ich wusste nicht … ha, okay, dann ist ja alles gut. Ich dachte, du hättest das ernst gemeint mit dem dramatischen ›Wir sind quitt, wir lassen uns ab sofort in Ruhe‹.« (Sie hatte doch tatsächlich die Frechheit, mich nachzuäffen!). »Aber so wie du gerade über sie gesprochen – sie *verteidigt* – hast, ist da noch lange nicht von ›in Ruhe lassen‹ die Rede. Ganz und gar nicht.« Sie grinste noch breiter. »Dann ist ja alles in Ordnung. Gut, dass wir darüber gesprochen haben.«

›Puff‹, war sie verschwunden und ließ mich fluchend bei der Bushaltestelle zurück.

Wie ich Geister hasste!

Irgendwann hatte ich dann doch noch das Glück, dass ein Taxi vorbeifuhr und mich mitnahm, und als ich endlich zu Hause in meinem Bett lag, träumte ich wirre Dinge von Stella, Feli und Daan, die alle zusammen eine Bar führten, die nur für Geister geöffnet war.

Dass ich am nächsten Morgen aus dem Schlaf hochschreckte, lag nicht an den verwirrenden Träumen, sondern an der Tatsache, dass es an meiner Tür klingelte.

Ich musste mich erst orientieren, dann kam mir der gestrige Abend wieder in den Sinn und ich stöhnte. Irgendwie lief gerade alles in meinem Leben ziemlich schief … sehr schief. Dabei hatte ich einen Glücksgeist-Coach an meiner Seite (der seine Arbeit beschissen erledigte!).

Ich wälzte mich aus dem Bett und sah auf meine Uhr. Halb sechs in der Früh.

*Wer um alles in der Welt klingelte um diese Zeit an meiner Tür?!*

Ich schlüpfte in meine Boxershorts und öffnete mit entsprechend finsterem Gesichtsausdruck – und starrte auf eine muskulöse Männerbrust. Als ich den Kopf hob, erkannte ich Daan, der mich angrinste und mir ein violettes Portemonnaie entgegenstreckte. Dass er wusste, wo ich wohnte, war Jens zuzuschreiben. Wir hatten uns einmal nach einem Männerabend in Daans Bar einen Absacker bei mir gegönnt. Und der Wikinger war auch dabei gewesen.

»Hey, ich hab da etwas für dich«, meinte er jetzt und drückte mir die Brieftasche in die Hand. »Hat deine Freundin im ›Red Carpet‹ liegen gelassen und da ich gerade in der Gegend war, dachte ich, ich bringe es dir persönlich vorbei.«

»Warum bringst du das zu *mir*?«, fragte ich verwirrt.

Er zuckte mit den Schultern und lehnte sich in den Türrahmen. »Ihre Mädels waren schon weg, haben Jens mitgenommen und der ging nicht ans Telefon.« Er zwinkerte. »Hat wohl eine ziemlich turbulente Nacht hinter sich, dein Kumpel. Aber abgesehen davon wohnt er viel weiter weg als du. Und die anderen kannte ich nicht, waren noch nie bei mir in der Bar. Entsprechend bleibst nur noch du, der dem Mädchen die Brieftasche zurückgeben kann.«

»Sie hätte sie bestimmt selbst geholt«, brummte ich.

»Die Bar hat die nächsten drei Tage geschlossen«, erwiderte Daan. »Fliege kurz nach Amsterdam zu meiner Schwester. Ich glaube nicht, dass deine Freundin so lange hätte warten wollen.« Er stieß sich vom Türrahmen ab und wischte sich ein paar der langen blonden Haarsträhnen aus dem Gesicht. »Also dann, ich hau mich aufs Ohr, war eine lange Nacht und mein Flug geht bereits heute Nachmittag. Man sieht sich.« Er nickte mir zu und ließ mich dann einfach stehen.

Ich starrte ihm stirnrunzelnd hinterher. Hätte ich es nicht besser gewusst, hätte ich sofort Feli im Verdacht gehabt, die die Finger im Spiel hatte. Aber ich hatte sie nicht in Daans Bar gesehen … glaubte ich zumindest. Bei diesem verrückten Geist wusste man nie …

Während ich die Tür schloss, kratzte ich mich am Hinterkopf. Ich hatte zwei Möglichkeiten: Stella ihre Brieftasche schicken (was ziemlich riskant war, sollte sie verloren gehen) oder sie ihr persönlich zurückbringen (was ziemlich dämlich war, da ich sie eigentlich nicht hatte wiedersehen wollen).

»Feli?«, rief ich. »Feli, sieh zu, dass du deinen dünnen Arsch herkriegst!«

Es dauerte einen Moment, dann erschien ein eingeschnapptes Geistermädchen vor mir. »Ich verbitte mir, dass du so über meinen Hintern sprichst«, maulte sie. »Zudem ist es eigentlich nicht mein Hintern, sondern der von Stella. Wenn er dir zu dünn ist, lade sie doch einfach zum Essen ein.«

»Ja, genau, das könnte dir so passen«, unterbrach ich sie. »Du hast *das* doch eingefädelt, nicht wahr?« Ich hielt ihr die

Geldbörse unter die durchsichtige Nase. »Die gehört Stella und sie hat sie gestern in der Bar verloren. Der Barkeeper war soeben hier und hat sie mir gegeben, damit ich sie ihr bringe.«

Sie sah erst die Brieftasche, dann mich an – und begann zu kichern. »Nein, Leon«, lachte sie. »Das ist definitiv nicht mein Werk, sondern das des Schicksals.« Sie hielt sich die Hand vor den Bauch, da sie die Situation anscheinend unglaublich komisch fand. »Hach, das ist ja lustig«, grinste sie. »Ich scheine nicht die Einzige zu sein, die der Meinung ist, dass du Stella wiedersehen solltest.«

Ich verengte die Augen und starrte sie böse an. »Du willst mir nicht allen Ernstes sagen, dass STELLA der Schlüssel zu meinem Glück ist?!«

Feli klatschte begeistert in die Hände. »Oh Leon, wenn ich könnte, würde ich dich jetzt umarmen! Oh ja, das würde ich!« Sie tanzte im Kreis und hüpfte wie ein kleines Kind herum. »Ja! JA! Endlich hat er es verstanden! Endlich! Oh man, du warst echt ein harter Brocken, mein Lieber. Aber jetzt ... du hast es begriffen – zumindest bist du auf dem Weg dahin!«

Ich musterte sie verständnislos. »Also muss ich nur zu ihr und ich bin dich los?«, fragte ich vorsichtig (dass es so einfach wäre, hätte ich nie und nimmer geglaubt).

Sie nickte mit Nachdruck, dann stutze sie. »Nun ja, also SO einfach ist es auch wieder nicht. Es reicht nicht, wenn du ›nur‹ zu ihr gehst. Glück kommt nicht einfach so zu einem, man muss es sich verdienen. Man muss um es kämpfen. Und so wie ich das sehe, hast du noch einen langen Kampf vor dir …« Sie holte leise Luft. »Aber der erste Schritt ist geschafft. Du hast erkannt, dass es dir besser geht, wenn du in ihrer Nähe bist. Dass sie dir gut tut. Hattest du jemals in Stellas Nähe das Gefühl, du müsstest irgendjemanden blöd anmachen?« Die Pause, die sie machte, diente nicht dazu, dass ich antwortete, denn sie fuhr fort: »Nein, oder? Sie lässt den Troll in dir verschwinden und bringt den Menschen ans Licht. Den, den du hinter dem Troll verbirgst. Den, den du niemandem zeigen willst, weil du ein Angsthase bist.«

Ich prustete empört.

»Pruste du nur«, kommentierte sie meinen nonverbalen Einwand. »Du BIST ein Angsthase. Du hast extreme Angst, anderen zu nahe zu kommen. Dich anderen zu öffnen. Dein wahres ICH zu zeigen. Und weißt du warum?«

Ich wandte mich von ihr ab und betrachtete die violette Geldbörse in meiner Hand. »Du wirst es mir bestimmt gleich sagen.«

»Ja, das tue ich. Oder besser … *sie* soll es tun. Geh zu ihr und sieh, was passiert.«

Mit einem Mal spürte ich einen kühlen Lufthauch an meiner Wange.

Als ich den Kopf drehte, sah ich in Felis Augen. Sie stand ganz dicht neben mir, hatte eine Hand nach mir ausgestreckt.

Die unsichtbaren Finger streiften meinem Gesicht entlang und hinterließen eine kühle Spur.

»Es kann sein, dass dies das letzte Mal ist, wo wir uns sehen«, flüsterte sie. »Wenn du alles richtig machst, bin ich weg. Dann habe ich meinen Job erledigt und kann mich meinen anderen Schützlingen widmen.« Ihre Augen wurden traurig. »Es hat mir zwar den letzten Nerv gekostet und du hättest mich mehr als einmal beinahe ausgelaugt, aber … du warst etwas Besonderes, Leon. Du wirst es immer sein. Es liegt an dir, das selbst zu erkennen und anderen zu zeigen.«

Ich wollte etwas sagen, aber da löste sie sich schon auf. Allerdings ganz langsam, so, als könne sie sich nicht überwinden, zu gehen.

Als der letzte Hauch von ihr sich verzogen hatte, fühlte ich mich mit einem Mal alleine, obwohl ich auch vorher schon alleine hier gewohnt hatte. Aber die Wohnung war mir noch nie so … leer vorgekommen.

Ich war mir nicht sicher, ob ich sie richtig verstanden hatte. Ob ich tatsächlich zu Stella gehen sollte. Ob ich überhaupt dazu bereit war, irgendetwas von dem zu tun, was Feli von mir erwartete …

Ich könnte die Brieftasche auch einfach wegschmeißen. Aber wenn Stella Nachforschungen anstellte, würde sie zwangsläufig Daan über den Weg laufen. Und der würde sie an mich verweisen … also war das auch keine gute Idee.

Doch … noch war früher Morgen. Sie wäre bestimmt noch am Schlafen. Nach letzter Nacht wahrscheinlich sogar bis zum Mittag. Es war schließlich Samstag und ich nahm nicht an, dass sie Uni hatte.

War sie überhaupt Studentin? Ich wusste so gut wie nichts von ihr … nur, dass sie einen Hund, einen Bruder mit bewegter Vergangenheit, keine Mutter und dafür einen Vater hatte, der sich wie ein Arschloch verhielt. Und eine Menge Freundinnen – ach ja, und eine tolle Bikinifigur …

Seufzend setzte ich mich auf das Sofa und öffnete das Portemonnaie, um ein paar weitere Details aus ihrem Leben zu erfahren. Ich wusste nicht mal, ob sie single war. Facebook hatte mir nichts verraten und auch Instagram schwieg sich über ihren Beziehungsstatus aus.

Ich könnte mich extrem blamieren, wenn ich zu ihr ginge und sie tatsächlich zum Essen einladen würde – und ein Freund bei ihr wäre.

Halt, warum sollte ich das überhaupt tun?

Nein, ich würde sie bestimmt nicht zum Essen einladen! Ich würde ihr die Brieftasche zurückgeben und dann für immer verschwinden.

Dennoch hätte mich ihr Beziehungsstatus interessiert …

Leider gehörte sie zu der Sorte Frauen, die sogar Kassenzettel wegschmissen, um alles sauber und geordnet zu halten. Ich fand nur ihren Führerschein sowie den Personalausweis, eine

Karte für irgendeine Bibliothek, die es anscheinend hier in der Stadt gab, sowie ein paar Kundenkarten. Nichts Spezielles, das mir mehr über sie verraten hätte. Okay, ich wusste jetzt, dass sie gern in den H&M ging – oder eben nicht. Auf jeden Fall hatte sie eine Gutscheinkarte von diesem Laden.

Wenn ich wirklich mehr von ihr erfahren wollte, müsste ich … ich müsste mich mit Stella persönlich unterhalten. Zum ersten Mal half mir kein Internet weiter, denn dieses hatte mir bereits alles gesagt, was es über sie wusste. Was in ihrem Fall herzlich wenig war.

Aber … wollte ich das überhaupt? Ich war doch auch ohne diese Scheißglückseligkeit, von der Feli dauernd laberte, klargekommen. Ich hatte mich wohlgefühlt. Alles war okay gewesen.

Erst als Feli und Stella in mein Leben geschwebt und gestolpert waren, war alles drunter und drüber gegangen. Und dennoch … Ich spürte, dass ich mich in meinem alten Leben nicht mehr wohlfühlen würde.

Etwas hatte sich verändert. *Ich* hatte mich verändert. Ohne dass ich dies bewusst getan hätte …

So eine verdammte Kacke! Gäbe es diese Mädchen mit den roten Haaren nicht, wäre alles nicht so verflucht kompliziert geworden! Ich hätte mir einen Türspion zulegen sollen – dann hätte ich Stella niemals in mein Leben gelassen. Nein, hätte ich nicht. Oder doch?

Verdammt, ich sollte aufhören, mir solch dämliche innere Monologe zu liefern, und endlich damit beginnen, zu handeln!

# 16

## Nie ohne Gummistiefel

Da stand ich nun. Morgens um halb sieben – und schon wieder war ich vor Stellas Tür. Super gemacht, Leon. Das nannte man wirklich ›standhaft‹ und ›seinen Prinzipien treu‹.

Leider passte das Portemonnaie nicht durch den Schlitz ihres Briefkastens, sodass mir nichts anderes übrig blieb, als zu klingeln oder wieder nach Hause zu gehen.

Noch während ich zögerte, öffnete sich mit einem Mal die Tür ihres Wohnblocks und ein kleiner weißer Flauscheball hüpfte bellend auf mich zu.

Ich zuckte im ersten Moment zusammen (wann war ich bloß so schreckhaft geworden?!), dann hob ich den Blick und schaute direkt in Stellas Gesicht, die mich ansah, als hätte sie eine Geistererscheinung (ja, ich wusste, wie man da schaut – hatte ich auch schon).

Sie trug Gummistiefel, in die sie ihre Jogginghosen gestopft hatte, darüber einen weiten Pullover und die braune Jacke. Keine Kombination, die einen Modegott vom Hocker hauen würde. Das machte auch das Baseball-Cap auf ihrem Kopf nicht besser, das sie wohl vor Regen schützen sollte (das Wetter war immer noch beschissen). Die roten Haare hatte sie zu einem Pferdeschwanz zusammengenommen und kurzerhand hinten durch das Loch ihres Caps gezogen. Ihr Gesicht war nicht geschminkt, ich konnte dunkle Ränder um ihre Augen erkennen. Sie hatte wohl eine ebenso kurze Nacht wie ich hinter sich. Und obwohl sie mit ihrem Aufzug bei ›Shopping Queen‹ nur ein müdes Lächeln des Jurors erhalten hätte, spürte ich wieder dieses flaue Gefühl in meinem Bauch, als ich in ihre nussbraunen Augen sah.

»Leon?«, fragte sie so leise, als befürchte sie, mich zu verscheuchen, wenn sie lauter sprechen würde.

Ich sah sie zerknirscht an und fuhr mir mit der Hand durch die Haare. »Ich hab da was, das dir gehört.«

Ihr Blick fiel auf das violette Portemonnaie, das ich ihr entgegenhielt, dann schaute sie mir wieder in die Augen. »Hast du das geklaut?«

Es war kein Vorwurf, dennoch fühlte es sich genauso an. Nach Kritik. Nach in die Enge treiben.

*Warum glaubte sie, dass ich ihr Geld klaute? Warum konnte sie nicht einfach ›Danke‹ sagen und die Brieftasche zurücknehmen?!*

Ich atmete tief durch, sonst hätte ich ihr eine Beleidigung an den Kopf geknallt. »Daan … der Barkeeper … hat sie mir gebracht«, erklärte ich. »Du hast sie gestern in seiner Bar verloren. Und bevor du nachzählst: Es ist alles Geld noch da, ich hab es nicht nötig, kleine Mädchen zu beklauen.« (Nun gut, ganz ohne Beleidigung ging es nicht).

Stella nahm ihr Portemonnaie entgegen und steckte es, ohne nachzusehen, ob noch alles da war, in die Jackentasche. »Danke«, sagte sie und ihr Gesichtsausdruck wurde forschender. »Und nur um mir das zurückzugeben, bist du schon so früh auf den Beinen?«

Die Fußhupe hüpfte um mich herum und hechelte mich mit leuchtenden Augen an.

Ich beobachtete den Kleinen. »Du bist ja auch schon wach.«

Stella deutete auf ihren Hund. »Romeo ist noch klein und muss früh raus, damit er stubenrein wird. Die Natur nimmt keine Rücksicht darauf, ob Frauchen einen Kater vom letzten Abend hat oder nicht.« Sie lächelte gequält, dann blickte sie wieder liebevoll auf den Vierbeiner, der gerade halbe Saltos schlug, um seine Leine zu jagen. »Die ersten Monate hatte er kein schönes Zuhause, ich habe ihn aus einem Tierheim. Er muss noch viel lernen.«

Ich nickte – ich hatte schon davon gehört, dass Hunde einige Zeit brauchten, bis sie das Sofa im Wohnzimmer von einem Baum unterscheiden konnten. Oder so.

»Gehst du ein paar Schritte mit mir?«

Die Frage kam so unerwartet, dass ich Stella erstaunt ansah.

»Du bist extra hergekommen«, meinte sie. »Und nach dem gestrigen Abend würde ich gern ein paar Worte mit dir reden. Ich weiß, du hasst es, wenn ich das sage, aber es tut mir leid, was gestern alles passiert ist. Ich meine, dass ich …«

»Wie gesagt, es muss dir nicht leidtun«, unterbrach ich sie. »Du hast zu viel getrunken, da kann einem schon mal übel werden. Lass gut sein.«

Ihr Lächeln wurde strahlender. »Hätte ich nicht von dir erwartet – so viel Verständnis, meine ich.«

Dann ging sie los, ohne darauf zu achten, ob ich ihr folgte. Tat ich aber. Ich konnte sie ja schlecht einfach davongehen und Selbstgespräche führen lassen. Und ja, zugegeben, es interessierte mich, warum sie mit mir reden wollte.

»Nachdem du gestern gegangen bist, habe ich noch lange nachgedacht«, erklärte sie ihrem Hund. Also eigentlich waren die Worte an mich gerichtet, aber sie beobachtete die ganze Zeit, was Klein-kläff-Töle trieb. »Dass ich dich heute Morgen hier antreffe, ist gut, sonst wäre ich nämlich zu dir gekommen.«

»Warum?«, fragte ich, während ich einen Stein aus dem Weg kickte, dem Flauscheball begeistert hinterher hechtete.

Stella warf mir einen Blick von der Seite zu. »Du magst keine anderen Menschen, oder?« Dann lachte sie leise. »Wen frag ich das – du bist der König der Internet-Trolle.«

»Warum hast du damals begonnen, dich auf Facebook mit mir zu duellieren?«, stellte ich eine Frage, die mich schon länger beschäftigte, seit ich hinter ihre geheime Identität gekommen war.

Sie zuckte mit den Schultern. »Ich wollte dich kennenlernen. Sehen, wozu du fähig bist. Was dich antreibt. Vielleicht …« Sie seufzte und blieb stehen, um mich anzusehen. »Vielleicht wollte ich auch einfach verstehen. *Dich* verstehen. Um dir helfen zu können.«

»Hat es dir Spaß gemacht?« Ich war ebenfalls stehen geblieben und sah nun mit schmalen Augen auf sie hinunter.

Erneut zuckte sie mit den Schultern, dann ging sie weiter. »Am Anfang nicht. Es war anstrengend. Ich weiß nicht, wie du das aushältst, den lieben langen Tag so negativ zu sein. Aber dann … Es hat etwas, das muss ich zugeben. Man kann endlich alles sagen … *schreiben,* was man sich im echten Leben nie trauen würde. Nur«, wieder warf sie mir einen kurzen Blick zu, »finde ich das nicht den richtigen Weg, um seinen Frust loszuwerden.«

»Ach?« Ich hob eine Augenbraue. »Und was wäre deiner Meinung nach ein besserer Weg?«

Sie blieb zum zweiten Mal stehen und sah mich ernst an. »Darüber reden. Über den Frust, den jeder von uns in sich trägt. Leon, du bist eigentlich ein guter Mensch, das sehe ich dir an. Aber die Art, wie du mit deinen Problemen umgehst, ist einfach nur … Sie ist … feige.«

Ich starrte sie überrascht an und hatte Mühe, zu verhindern, dass mir die Kinnlade runterklappte. »Feige?«, wiederholte ich ungläubig. Meine Stimme klang rau, da ich sie gerade sehr gern angebrüllt hätte, es aber unterdrückte.

Stella nickte. »Ja, feige. Denn im Grunde hast du nur Angst davor, verletzt zu werden. Von Menschen, die dich durchschauen. Von jenen, bei denen du die Fassade des Arschlochs, das alles und jeden zur Schnecke macht, nicht aufrechterhalten kannst. Das ist keine Macht, die du dir da einbildest, sondern pure Ignoranz. Und zwar deiner eigenen Probleme, indem du die anderen zu Losern degradierst. Dass aber der Einzige, der verliert, du selbst bist, siehst du nicht.«

Ich war sprachlos.

*War etwa Feli in Stella gefahren? Warum sagte sie so hirnrissige Dinge? Was sollte das?!*

Hätte ihr Hund nicht mit einem Mal zu bellen begonnen, hätte ich ihr bestimmt irgendeinen patzigen Spruch an den Kopf geknallt. So aber lenkte der kleine Flohsack unsere Aufmerksamkeit auf sich, indem er Stella zum Spielen aufforderte. Sie warf ihm einen Stock, den sie vom Boden aufhob, und der Wattebausch raste ihm hinterher. Stella verlängerte die Leine, damit er sich nicht erdrosselte.

Als sie sich wieder mir zuwandte, war der Augenblick vorbei, in welchem ich ihr hatte zeigen wollen, was ich von ihren Pseudo-Psychoanalysen hielt.

»Hör zu, Leon«, fuhr sie fort. »Ich hatte bisher nicht den Mut, dir zu sagen, warum ich damals zu dir gekommen bin. Warum ich dich sehen musste.«

»Äh … doch, hast du getan. Weil ich dich im Traum um Hilfe gebeten habe«, erinnerte ich sie in der Annahme, dass sie unser gestriges Gespräch vergessen hatte.

Sie schüttelte den Kopf. »Das war nicht ganz die Wahrheit.« Sie druckste herum, dann sah sie mir fest in die Augen. »Ich hatte noch einen Traum. Einen ziemlich … schrägen, zugegeben.«

Ich runzelte die Stirn, unterbrach sie aber nicht. Wenn Feli ihr nochmals erschienen war, dann wollte ich wissen, was für einen weiteren Floh sie Stella ins Ohr gesetzt hatte.

»Es ist mir wirklich peinlich, das zu sagen«, murmelte sie und senkte den Blick. »Aber … wir waren zusammen. Du und ich. Als Paar, meine ich.« Sie sah mich vorsichtig durch die Wimpern hindurch an.

Ich versuchte wirklich, cool zu bleiben. Aber … Himmelherrgott! Was hatte Feli sich bloß dabei gedacht?!

Hektisch fuhr ich mir mit den Händen durch die Haare und strich sie nach hinten, danach ließ ich die Handflächen am Hinterkopf liegen. Ich starrte in den Himmel, dann wieder hinunter zu Stella und wieder in den Himmel.

»Sag doch was«, flüsterte sie.

Ich stieß die Luft scharf durch die Zähne und sah sie an. »Was soll ich denn bitte sehr sagen?«, fragte ich ehrlich verwirrt. »Wir kennen uns kaum und du erzählst mir von irgendwelchen Träumen, in denen ich dich gebeten habe, mir zu helfen – und dann hatten wir auch noch Traum-Sex?!«

Stella lächelte, aber es war ein schüchternes Lächeln. »Keinen Sex ... Wir haben uns nur ... geküsst.«

»Ach ... na dann.« Ich schleuderte ihr meinen Sarkasmus entgegen. »Und was willst du jetzt von mir? Sollen wir uns im nassen Gras wälzen und Kinder zeugen? Oder was hast du dir vorgestellt?«

Sie schnaubte und ihr Gesicht verfinsterte sich. »Ich ... ich weiß nicht, was ich mir vorgestellt habe, okay?!«, rief sie in einem Tonfall, dass ihr Romeo den Schwanz einzog und sich noch kleiner machte, als er eh schon war. »Ich dachte nur, ich sage es dir. Vielleicht ... vielleicht hattest du ja einen ähnlichen Traum. Das soll es geben. Und dann ...«

»... würde ich jetzt vor dir in die Knie gehen und dir ewige Treue schwören.«

Ich konnte nichts dagegen tun, dass alles, was ich von mir gab, sarkastisch und zynisch klang. Stella überforderte mich gerade dermaßen, dass ich nicht in der Lage war, etwas Sinnvolles von mir zu geben. Zum Glück, sonst hätte ich ihr womöglich von Feli erzählt – und alles noch schräger werden lassen.

Romeo begann zu winseln und Stella nahm ihn auf den Arm, um ihn beruhigend zwischen den Ohren zu kraulen.

»Hör zu, Stella«, sagte ich so langsam, als würde ich mit einer Irren reden (was sie vielleicht auch war). »Was auch immer du geträumt hast, es war ein *Traum,* okay? Nichts weiter. Das hier«, ich deutete auf sie und mich, »das ist die Wirklichkeit. Und in dieser Wirklichkeit passen wir nicht zusammen. Du bist ein Mädchen, das sich nach einem Typen sehnt, der sie ins Kino einlädt und mit ihr lange Spaziergänge macht. Vorzugsweise am Meer im Sonnenuntergang. Der sich um deinen Hund kümmert und irgendwann Kinder mit dir will. Ich bin kein solcher Typ. Werde ich auch nie sein. Ich bin ein Einzelgänger und das werde ich bleiben. Daran ändert niemand etwas, auch du ni…«

Ich war gerade in Fahrt, als mit einem Mal – ich schwöre – ein Blitz neben uns einschlug.

Manchmal gibt es diese Tage, wo man besser im Bett bleiben sollte. Dieser Samstag war solch ein Tag.

# 17

## Hoppla

Leon?«

Diese Stimme … sie kam mir so bekannt vor. Und dennoch erinnerte ich mich nicht an die Person, der sie gehörte.

»Leon!«

Nein, keinen blassen Schimmer, warum die Frau so hysterisch mit mir sprach. Es war doch alles in Ordnung. Ich schlief nur etwas tiefer als sonst. Es fühlte sich aber auch unglaublich fantastisch an. So leicht, so warm, so weich …

Ich wollte mich umdrehen und weiterschlafen. Aber ein scharfer Schmerz durchfuhr meinen gesamten Körper und riss mich noch stärker aus meiner schönen Traumwelt.

»Leon!«

Mann, diese Frau liebte es wohl, meinen Namen zu rufen. Blöde Tussi. Sollte besser ruhig sein. Mir ging es blendend.

Wieder dieser Schmerz, der von meiner Brust aus über alle Zellen bis in meine Finger und Zehen schoss.

Verdammt, was sollte das?! Ich wollte schlafen! Sie sollte damit aufhören, mich zu nerven!

Ich brummte unwirsch und kniff extra stark die Augen zusammen, um wieder zurück in mein Traumland zu entfliehen. Und siehe da, es gelang mir.

Ihr letztes flehendes »Leon« hörte ich kaum mehr. Ich war weg, umgeben von der angenehmsten Dunkelheit, die ich je erlebt hatte.

»Leon, was tust du hier?«

Ich sah mich blinzelnd um. Keine Ahnung, wo ich mich befand. Es war alles irgendwie … grau. Die Nebelschwaden am Boden, der Himmel, der Horizont. Wo ich hinsah, nur graue Suppe. Ich drehte mich einmal im Kreis und blieb wie angewurzelt stehen, als ich ein rothaariges Mädchen vor mir sah, das mich voller Entsetzen anstarrte.

»Leon … was hast du getan?«, fragte sie bestürzt.

»Was ich getan habe?«, wiederholte ich stirnrunzelnd. »Die Frage ist eher, wo ich bin. Was soll diese Nebelsuppe hier?«

Das Mädchen holte leise Luft und stieß sie wieder aus. »Du bist in der Zwischenwelt.«

»Zwischen…was?«, hakte ich verständnislos nach.

»Flipp jetzt nicht aus, ja?«

Sie kam näher zu mir. Die Art, wie sie ihren Kopf schief legte und ihre Lippen schürzte, war mir irgendwie vertraut. Aber ich konnte mich beim besten Willen nicht daran erinnern, sie schon einmal gesehen zu haben.

Dicht vor mir blieb sie stehen und legte mir beide Hände auf die Brust. Sie fühlten sich weich und warm auf meiner Haut an. Als ich an mir hinuntersah, merkte ich, dass ich nichts weiter als eine Boxershorts trug.

Ich hob wieder den Blick und sah sie an. »Warum sollte ich ausflippen?«, fragte ich argwöhnisch.

Sie biss sich auf die Unterlippe (so vertraut … so fremd). »Du bist in einer Welt zwischen Leben und Tod. *Meiner* Welt. Der Welt der Geister.«

Kopfschüttelnd sah ich auf sie hinunter, während ich zu begreifen versuchte. »Was … was heißt das?«

»Nicht ausflippen«, ermahnte sie mich. »Das macht alles nur noch schlimmer. Versuch, ruhig zu atmen.«

»Ich BIN ruhig.«

»Bist du nicht.«

»Oh doch.« (Okay, war ich nicht).

Ich spürte, wie Panik in mir hochstieg.

*Wenn ich in einer Welt zwischen Leben und Tod war und sich alles dennoch so real anfühlte, bedeutete das, dass …*

»Bin ich tot?«, stellte ich die Frage, vor deren Antwort ich mich fürchtete.

Das rothaarige Mädchen schien nicht zu wissen, ob sie nicken oder den Kopf schütteln sollte. »Beinahe«, meinte sie ausweichend. »Noch nicht ganz.«

»Was soll das bedeuten: ›noch nicht ganz‹?« Meine Stimme wurde lauter. Hysterischer.

Sie nahm ihre Hände von meiner Brust und legte sie stattdessen an meine Wangen. »Du erinnerst dich an nichts, oder?«

Ich hatte keine Ahnung, worauf sie hinauswollte. Woran sollte ich mich denn bitte sehr erinnern? Wer war sie überhaupt? Etwa Gott? Trug Gott einen roten Pony?! War Gott eine *Frau*?! Dann wunderte es mich nicht mehr, dass Frauen multiple Orgasmen haben konnten und Männer nicht.

»Entspann dich. Ich werde in deinen Gedanken forschen, dann wissen wir, was passiert ist«, meinte Gott, schloss die Augen und ihre Hände wurden noch wärmer an meinen Wangen.

Ein paar Sekunden lang sagte sie nichts, sondern schien sich auf irgendetwas zu konzentrieren, dann öffnete sie die Augen wieder und sah mich ernst an. »Du wurdest vom Blitz getroffen.«

»Hä …?«

Sie nickte und ließ mich los. »Du warst nicht sofort tot, sondern schwebst in der Zwischenwelt. Noch ist nicht entschieden, ob du leben oder sterben wirst.«

»Und das entscheidest *du*?!«, stieß ich hervor.

Sie lachte leise. (Dieses Lachen … woran erinnerte es mich bloß? Warum spürte ich dieses warme Gefühl in mir?) »Nein, Leon. Ich bin nur ein Werkzeug. So wie du. Ich entscheide gar nichts.«

Also war mein Weltbild doch noch in Ordnung – Gott war keine Frau. Zumindest nicht *diese* Frau.

»Wer bist du?«, keuchte ich.

Sie lächelte. »Man nennt mich Felicitas, die Glücksbotin. Du kannst mich aber gern Feli nennen. Das klingt aus deinem Mund so schön.«

»Wir kennen uns?«

»Ja, tun wir. Ziemlich gut sogar.« Ihre Augen ruhten sanft auf mir.

»Aha.«

Zu mehr war ich gerade nicht in der Lage. Ich musste erst verdauen, dass ich dabei war, zu sterben …

»Du hast es ziemlich auf die Spitze getrieben«, fuhr Feli fort. »So sehr, dass das Schicksal sich eingemischt hat. Und wenn sie das tut, dann tut sie es richtig. Ohne Wenn und Aber. Du solltest sie nicht so stark herausfordern.«

Ich verstand nur Bahnhof. Das ›Schicksal‹ war also auch eine Person? Auch eine Frau? Hey, warum eigentlich nicht. Jetzt war alles egal, ich starb ja eh gerade.

Verdammt.

ICH. STARB. GERADE!!!

»Wie komme ich hier weg?«, fragte ich panisch.

Feli legte mir wieder die Hand auf die Brust. »Gar nicht. Vorerst zumindest nicht. Wenn entschieden ist, in welche Richtung die Waagschale sich neigt, wirst du es wissen.«

»Waagschale?« So langsam wurde ich nicht nur hysterisch, sondern auch wütend. »Was für eine verdammte Waagschale?!«

»Nicht fluchen, Leon.« Feli hob den Zeigefinger und fuchtelte damit vor meiner Nase herum. »Das tut weder dir noch mir gut. Schon gar nicht in deiner Situation.« (Irgendwie kam mir das bekannt vor, aber es wollte mir nicht einfallen, warum.) »Wenn du in deine Welt zurückkehren darfst, wirst du es …«

Mehr hörte ich nicht, denn mit einem Mal fühlte ich mich, als würde ein starker Sog an meinem ganzen Körper ziehen. Er verankerte sich in meiner Brust und dann – wurde ich einfach weggerissen. Weg von Feli, weg aus dem Nebel.

Ich schrie, versuchte, mich an irgendetwas festzuhalten, aber da war nichts. Nur gleißendes Licht.

Fühlte es sich so an, wenn man starb?

Es tat nicht weh, nur der Druck auf meiner Brust nervte. Und das Licht, das immer heller wurde.

Ich schloss die Augen, um es nicht sehen zu müssen, aber es war dennoch da, blendete mich so stark, dass ich stöhnte.

»Er kommt zu sich.«

Feli. Das war Felis Stimme.

»Leon?«

Sie klang besorgter als vorhin.

»Leon?«

Und unsicherer. Was hatte das zu bedeuten?

Ich blinzelte gegen das Licht an, das in meinen Augen schmerzte. (Das war ja echt beschissen, dass man sogar im Tod noch Schmerzen spürte!)

Über mir erschien ein Gesicht. Das von … wie hieß sie noch gleich? Fel… Fe… F… irgendwas. Oder begann ihr Name mit einem anderen Buchstaben? Irgendwie konnte ich mich, je mehr ich mich an das Licht gewöhnte, immer weniger an sie erinnern. Es kam mir vor, als würden die Strahlen jegliche Bilder und Worte, die ich eben noch so präsent in meinem Kopf gehabt hatte, wegbrennen.

Was blieb, war nur ein Gesicht, umrahmt von roten Haaren. Und nussbraune Augen, die mich unter einem verwuschelten Pony hervor besorgt musterten.

»Wie geht es dir?«, fragte das namenlose Mädchen, das sich über mich gebeugt hatte.

Ich antwortete ihr mit einem leisen Stöhnen.

»Ich bin so froh, dass du am Leben bist«, fuhr sie leise fort. In ihrer Stimme schwangen Tränen mit, die ihre Augen jedoch noch zurückhielten. Sie schluckte schwer. »Ich hätte es mir nie verziehen, wenn du … wenn …« Jetzt begannen ihre Rehaugen doch noch, zu glänzen. »Ich bin ja eigentlich schuld, dass du mit mir ein paar Schritte gegangen bist. Hätte ich die Gummistiefel nicht getragen … der Blitz … er hätte … Hätte ich Romeo nicht auf den Arm … er wäre …« Sie schien nicht imstande zu sein, ihre Gedanken zu formulieren.

Und ich verstand gerade nur Chinesisch. »Wer … bist … du?«, brachte ich mühsam über meine Lippen.

Ich musste ihren Namen erfahren. Musste wissen, wer sie war. Irgendwie kam sie mir bekannt vor und wenn ich wüsste, woher ich sie kannte, würde mir vielleicht wieder einfallen, warum mir alles so wehtat.

Im Moment erinnerte ich mich an überhaupt nichts mehr.

Sie schluchzte und wandte sich ab. »Sie haben gesagt, dass das passieren könnte«, flüsterte sie unter Tränen.

Verwirrt zog ich meine Augenbrauen zusammen. »Was … passieren?«

Sie schniefte und wischte sich mit dem Handrücken über die Augen, ehe sie sich mir wieder zuwandte. »Du weißt nicht mehr, wer ich bin. Aber vielleicht ist es besser so.« Ihr Blick war voller Schmerz, als sie tief durchatmete. »Deine Eltern sind gerade angekommen. Ich gehe jetzt. Mach's gut, Leon.«

Dann verschwand sie aus meinem Blickfeld und stattdessen fühlte ich mich wenige Augenblicke später an eine ausladende Brust gepresst.

»Mama, du erdrückst mich«, brachte ich hervor.

Doch sie löste ihren Klammergriff nicht, sondern wiederholte immer und immer wieder, wie sehr sie mich liebte und wie groß ihre Sorgen gewesen seien. Sie ließ mir nicht einmal Zeit, sie anzusehen.

»Dein Vater und ich, wir sind tausend Tode gestorben«, weinte sie über mir.

Ich versuchte, mich aus ihrer Umarmung zu lösen. Vergebens.

Irgendwann, als meine Mutter mich doch noch losließ, bemerkte ich, dass ich mich wohl in einem Krankenhausbett befand. In meinem Arm steckte ein Schlauch, durch den durchsichtige Flüssigkeit in meinen Körper rann. Das Piepen des Geräts neben mir war fast genauso nervtötend wie meine Eltern, die anscheinend gemerkt hatten, dass sie doch noch einen Sohn besaßen.

Ich hatte sie länger nicht gesehen – mein Vater hatte ein paar graue Haare in seinem dunklen Bart bekommen. Die buschigen Augenbrauen waren wie immer ernst zusammengezogen, die Hände über seinem dicker werdenden Bauch gefaltet. Dass er sich mit Mama in einem Raum aufhielt, ließ mich erahnen, dass er sich tatsächlich Sorgen um mich machte.

Mama sah etwas abgehetzter aus als sonst, doch sie hatte anscheinend trotz ihrer ›Besorgtheit‹ noch Zeit gefunden, ein teures Outfit aus ihrem Schrank zu suchen. Wie ich es hasste, dass sie Papas Geld zur Schau stellte. Das war einer der Gründe, warum ich jegliche Unterstützung seitens meiner Eltern abgelehnt hatte, nachdem ich ausgezogen war. Ich wollte auf eigenen Beinen stehen, nicht eine Kopie von Mama werden.

Meine Eltern blieben eine ganze Stunde bei mir am Bett, dann ließen sie mich endlich schlafen.

Ich driftete zwischen Traum und Wirklichkeit und fantasierte die komischsten Dinge zusammen.

Seit wann hatte ich Träume von rothaarigen Bikinischönheiten, die mit einem Schneeball einen Strand entlanghüpften?!

# 18

## Sixth Sense

Ich musste zwei Wochen im Krankenhaus bleiben. Diese Zeit war furchtbar, denn ich hatte mich noch nie so gelangweilt.

Papa hatte von meinem kaputten Handy erfahren und mir – entgegen meinem Protest – ein neues gekauft. Wann genau mein altes den Geist aufgegeben hatte, konnte ich im Nachhinein nicht mehr sagen. Womöglich, als der Blitz eingeschlagen hatte. Ich erinnerte mich zwar nicht an den Unfall, aber die Ärzte hatten es mir ziemlich glaubwürdig geschildert.

Also lag ich die meiste Zeit, sinnlos auf Instagram, YouTube, Twitter und Co. herumsurfend, im Bett und wünschte mir, ich könnte bald das Krankenhaus verlassen.

Eigentlich hätte ich meiner alten Tätigkeit nachgehen und Leute im Netz zur Schnecke machen können – aber irgendwie hatte das den Reiz verloren, nachdem ich fast gestorben wäre. Etwas in mir sagte, dass es auch noch andere Gründe geben könnte, aber dieses Etwas war ein blöder Vollidiot.

Immer wieder glitten meine Gedanken zu dem Mädchen, das sich über mich gebeugt hatte, als ich aus meiner Ohnmacht erwacht war. Meine Eltern kannten sie nicht, aber das verwunderte mich auch nicht weiter, schließlich wussten sie kaum über mein Leben Bescheid. Dennoch waren sie jetzt die Einzigen, die mich im Krankenhaus besuchen kamen. Jens, mein treuloser Kumpel, verbrachte gerade die beste Zeit seines Lebens in Italien – mit einer Schönheit, die er ständig auf Facebook zur Schau stellte. Mehr als einmal zuckten meine Finger, um ihm einen gehässigen Kommentar unter sein Protzbild zu verpassen, aber ich ließ es. Er hatte sich immerhin bei mir gemeldet und war ehrlich schockiert darüber gewesen, dass ich fast gestorben wäre.

Endlich, nachdem ich jede Nachmittagssendung im Fernsehen kannte, wurde ich entlassen. Mein Vater holte mich ab und brachte mich zu meiner Wohnung. Er vergewisserte sich, dass mein Kühlschrank gefüllt war und ich alles hatte, was ich brauchte, dann verabschiedete er sich wie immer unbeholfen von mir. Meist endete das in einem steifen Händeschütteln und einem Klaps auf die Schulter.

Jetzt stand ich allein in meiner Wohnung.

Eigentlich hätte ich darüber froh sein sollen, dass ich noch einmal mit dem Leben davongekommen war. Aber … das Gefühl, dass ich irgendetwas Wichtiges vergessen hatte, ließ mich einfach nicht los.

Ich setzte mich an den Computer und fluchte, als ich merkte, dass er nicht mehr funktionierte. Womöglich war er abgestürzt, weil ich irgendeinen Virenschutz nicht mehr aktiviert hatte.

Also setzte ich mich mit ein paar Bier, die ich mir von der Tankstelle um die Ecke besorgte, (egal, was die Ärzte sagten, ich wollte mir keinen Alkohol verbieten lassen!) auf das Sofa und zappte etwas im TV-Programm herum, während ich mit der anderen Hand auf Facebook die neusten Posts checkte.

Es fühlte sich irgendwie nach einem Déjà-vu an, als es an der Tür klingelte. Doch ich konnte mich an keine Situation erinnern, in der ich das schon mal erlebt hätte – ich bekam äußerst selten Besuch. Womöglich war es meine Mutter, die sich vergewissern wollte, dass es mir gut ging. Wahrscheinlicher war aber, dass irgendein Nachbar etwas bei mir ausleihen wollte.

Also erhob ich mich gedankenverloren vom Sofa und öffnete – und mir wäre beinahe das brandneue Handy aus der

Hand gefallen, als vor mir ein rothaariges Mädchen stand, das mich unsicher anlächelte.

»Hallo, Leon«, sagte sie leise.

Ich kniff die Augen zusammen und riss sie dann wieder auf, während ich sie musterte. Sie trug helle Jeans, darüber eine braune Jacke. Nichts Spektakuläres, dennoch rüttelte mein Unterbewusstsein wie blöd an meinem Gehirn. Doch ich konnte mich weder an ihren Namen erinnern noch an irgendetwas sonst, das mit ihr im Zusammenhang stand … Bis auf …

»Du bist die aus dem Krankenhaus, oder?«, fragte ich, ohne sie zu begrüßen.

Sie nickte und nestelte an ihrer braunen Jacke herum. (Warum war mir diese Geste so vertraut?) »Ich wollte dich im Krankenhaus besuchen, aber ich dachte, es sei vielleicht besser, wenn du dich in Ruhe erholen könntest. Als ich heute dort anrief, sagte man mir, dass du entlassen worden bist. Und da dachte ich …« Sie unterbrach sich und sah mich besorgt an. »Wie geht es dir?«

»Besser.« Ich musterte sie erneut von Kopf bis Fuß.

»Das ist gut«, nickte sie und schien einen Moment lang nicht genau zu wissen, was sie sagen sollte.

»Ich wollte …«, begann sie / »Willst du …«, begann ich.

Wir unterbrachen uns beide und ihre Wangen wurden rot, während ich mich verlegen am Hinterkopf kratzte.

»Willst du reinkommen?«, fragte ich, als sie nichts mehr sagte.

Etwas in mir erinnerte sich, dass sie wohl schon einmal hier gewesen war. Auf jeden Fall erschien es mir besser, sie in meine Wohnung einzuladen, als hier zwischen Tür und Angel mit ihr zu sprechen.

Sie nickte und ich trat zur Seite, um sie hineinzulassen. Zielstrebig ging sie aufs Wohnzimmer zu. Anscheinend war sie wirklich schon einmal hier gewesen.

Ich folgte ihr und deutete auf das Sofa. »Setz dich doch.«

Wieder nickte sie und folgte meiner Aufforderung. Sie klemmte ihre Hände zwischen die Knie und sah sich unsicher um.

»Warum bist du hier?«, fragte ich, während ich mich neben sie setzte.

Als sie mich mit ihren nussbraunen Augen ansah, versetzte es mir einen Stich in die Brust. Irgendetwas wollte sich mit aller Kraft an sie erinnern, doch da war nur Leere.

»Du erinnerst dich nicht an mich, oder?«, stellte sie fest. Ihre Stimme hatte einen wehmütigen Klang.

Ich schüttelte bedauernd den Kopf. »Tut mir leid.«

Sie lachte leise auf, aber es klang nicht amüsiert. »Du würdest mir jetzt sagen, dass ich aufhören soll, mich zu entschuldigen.«

Ich runzelte die Stirn und betrachtete sie. Wahrscheinlich war das ein Insider von uns, aber sosehr ich mich auch anstrengte, ich konnte mich nicht daran erinnern, mit ihr schon einmal gesprochen zu haben.

»Ich bin Stella«, stellte sie sich vor. »Ich war dabei, als der Blitz einschlug, und habe Erste Hilfe geleistet – und den Krankenwagen gerufen.«

Erneut schüttelte ich den Kopf. Ich konnte mich beim besten Willen nicht erinnern.

»Die Ärzte haben gesagt, dass es sein kann, dass du dein Kurzzeitgedächtnis verlierst«, fuhr sie fort. »Wahrscheinlich erinnerst du dich deswegen nicht mehr an mich.«

Ich nickte. Das schien plausibel. Obwohl ... Etwas in mir wollte nicht glauben, dass das der einzige Grund dafür war.

»Ich habe dich auch zum Arzt gefahren, als du dir eine heftige Erkältung eingeholt und deine Hand verletzt hast«, fuhr sie fort und deutete auf meine Hand.

Ich hatte mich schon gefragt, wann ich mir diese Narbe zugezogen hatte. Nachdenklich betrachtete ich meine Handfläche, dann hob ich wieder den Blick und sah sie skeptisch an. »Waren wir ... Haben wir ...«, begann ich stotternd und brach ab, da ich keine Ahnung hatte, wie ich ihr die Frage stellen sollte, ohne sie zu stark in Verlegenheit zu bringen.

Sie verstand zum Glück. »Nein, wir waren nicht zusammen, wenn du das meinst.« (War ihr Lächeln wirklich gerade gequält oder bildete ich mir das nur ein?) »Ehe der Blitz einschlug, haben wir aber gerade darüber gesprochen, dass … Ach, lassen wir das.« Sie winkte ab. »Vielleicht ist es eine Chance für uns, neu anzufangen.«

Dieses Gefühl, dass ich sie fragen sollte, worüber wir gesprochen hatten, war zwar stark, aber ich unterdrückte es. Ich musste ihr recht geben. Egal, was es gewesen war – wenn sie es nicht ansprach, konnte es nicht so wichtig gewesen sein.

»Die Ärzte haben mir Ruhe verordnet«, meinte ich daher. »Hast du Lust, einen Film mit mir zu sehen? Oder hast du noch was vor?«

Sie sah mich erstaunt an, dann schüttelte sie den Kopf und nickte kurz darauf. »Ja. Ich meine, nein, ich habe nichts vor. Und ich würde gern mit dir einen Film schauen. Wenn du das auch willst?«

Ich sah sie nachdenklich an. »Ich glaube, das tue ich.«

Jetzt huschte zum ersten Mal ein richtiges Lächeln über ihr Gesicht und brachte es so sehr zum Strahlen, dass ich kaum die Augen von ihrem Mund nehmen konnte. »Das freut mich«, sagte sie. »Das freut mich wirklich sehr, Leon.«

Während sie es sich auf dem Sofa gemütlich machte, suchte ich in meiner DVD-Sammlung nach einem Film. Ja, ich gehörte noch zu der ›altmodischen‹ Sorte, die DVDs zu Hause bunkerte. Entsprechend alt waren die Filme.

»Kennst du ›The Sixth Sense‹?«, fragte ich über die Schulter. »Da geht es um Geister.«

»Ich mag Geisterfilme«, antwortete sie mir.

Kurz darauf saßen wir nebeneinander auf dem Sofa und tranken Bier, während wir Bruce Willis dabei zusahen, wie er entdeckte, dass manchmal das Leben ganz eigene Wege ging und vieles nicht so war, wie es auf den ersten Blick schien.

Irgendwann legte ich den Arm um sie. Keine Ahnung, warum, ich hatte einfach das Bedürfnis, ihren Körper an meinem zu fühlen. Sie zuckte zwar zusammen, aber entspannte sich dann ziemlich rasch wieder und schlang sogar ihren eigenen Arm um meinen Bauch, während sie ihren Kopf an meine Brust bettete.

So sahen wir den Film zu Ende und auch als der Abspann schon lief, ließ ich sie nicht los.

Stella hob das Kinn und sah mich von unten herauf an. »Ich bin so froh, dass du noch lebst«, flüsterte sie.

Ich sah auf sie hinunter und nickte. »Ich auch.«

Und dann tat ich etwas, das mir einen stärkeren Stromstoß verpasste, als tausend Blitze es tun könnten. Ich legte meine Hand unter ihr Kinn, hob es noch ein Stück weiter an und küsste sie. Es war ein kurzer, flüchtiger Kuss, aber als ich hörte, wie sie gegen meine Lippen seufzte, erkannte ich, dass sie sich das die ganze Zeit schon gewünscht hatte. Womöglich schon viel länger als bloß für die Dauer des Films.

Sie drückte sich so eng an mich, dass ich das Gefühl hatte, wir wären eins, und ihre Lippen fanden erneut meine. Wir küssten uns, als wäre es das Einzige, was uns am Leben hielt.

Ich war zwar nie der romantische Typ gewesen, aber zum ersten Mal spürte ich, wie tief ein Kuss gehen konnte.

Lippen, Zungen, Wärme … ich genoss Stella. Ja, ich genoss sie. Ich genoss sie in vollen Zügen. Und sie mich.

Als wir kurz Luft holten, sah sie mich mit verschleiertem Blick an. »Wow«, hauchte sie.

Ich nickte, ohne etwas zu sagen.

Aber ihr Wort beschrieb ziemlich genau das, was ich selbst fühlte. Es war … Glück? Ja, ich fühlte mich glücklich.

*Wer hätte gedacht, dass Glück einen roten Pony trägt?*

Dass ich in diesem Moment ein Kichern hinter mir hörte, schrieb ich der Tatsache zu, dass mein Blut gerade in andere Regionen meines Körpers wanderte und ich von meinem Unfall anscheinend noch etwas benommen war.

Denn mal ehrlich: Wir waren allein in meiner Wohnung und Geister gab es nicht. Die spielten nur in Filmen wie ›The Sixth Sense‹ eine Hauptrolle.

# Epilog

Himmelherrgott, es ist nur ein Abendessen in einem Casino! Du musst dich dafür nicht so schick machen, als würdest du zu einem Ball gehen«, knurrte ich und sah genervt auf meine Uhr.

Wir hatten uns vor einer halben Stunde mit Jens und seiner neuen Flamme – zufälligerweise eine Freundin von Stella – verabredet. Wir würden viel zu spät kommen und wenn auch Jens mit seinem Mädchen so lange bräuchte, wäre unsere Tischreservierung weg.

»Komme gleich«, tönte es aus meinem Bad.

Ich verdrehte die Augen und lehnte mich an die Tür, während ich die Arme vor der Brust verschränkte.

*Frauen …!*

Dass mein Herz kurz einen Aussetzer hatte, als Stella endlich aus dem Bad kam, schrieb ich der Tatsache zu, dass ich immer noch nicht ganz auf dem Damm war. Nun gut … mein Unfall war inzwischen ein halbes Jahr her und irgendwann müsste ich mir eingestehen, dass Stella auch *so* mein Herz zum Stolpern bringen konnte – aber nicht heute.

Meine Augen glitten über ihren schlanken Körper, der in einem Traum in Grün steckte. Das Kleid war so eng anliegend, dass ich ohne Probleme erkannte, dass sie keinen Slip darunter trug.

*Dieses Luder …*

Sie wusste, wie scharf mich das machte. Am liebsten hätte ich ihr diesen Fetzen vom Leib gerissen, sie in mein Schlafzimmer geschleppt und sie dort so richtig … aber das musste warten. Doch später an diesem Abend käme sie nicht so leicht davon, das verriet ich ihr mit einem wölfischen Grinsen, während ich mich vom Türrahmen abstieß und auf sie zu schlenderte.

»Na, hat es sich gelohnt, auf mich zu warten?«, fragte Stella und drehte sich für mich einmal im Kreis.

Ich packte sie, als sie mir den Rücken zukehrte, und zog sie eng an mich. »Du machst es mir gerade verdammt schwer, ein Gentleman zu sein«, knurrte ich in ihr Ohr.

Stella lachte, aber ich sah dennoch, wie sich eine feine Gänsehaut an ihrem Hals bildete, denn sie hatte die Haare hochgesteckt.

Ich küsste ihren Nacken und biss sanft in die Haut. Sie liebte das.

»Du *bist* kein Gentleman, Leon«, kicherte sie, während sie sich halbherzig gegen meinen Griff wehrte. »Das wusste ich schon, als ich dich zum ersten Mal gesehen habe.«

»Und du bist keine Lady, Süße«, brummte ich. »Sonst hättest du dir einen Slip angezogen.«

Sie lachte lauter (oh, ich mochte es, wenn sie lachte) und nahm meine Hand aus ihrem Schritt, wo ich meine Vermutung als bestätigt gefunden hatte. »Später, mein Schatz«, sagte sie in gestelztem Tonfall, den sie immer hervorkramte, wenn sie eigentlich etwas ganz anderes wollte, als sie sagte. »Wir müssen jetzt los, sonst ist unser Tisch weg.«

»Ach, plötzlich?«, murmelte ich und biss ihr nochmals in den Nacken.

Sie befreite sich aus meinem Griff, wirbelte herum und sah mich mit funkelnden Augen an (jap, dieses Funkeln mochte ich auch). »Ja. Und jetzt komm, ich habe Romeo versprochen, dass wir nicht allzu lange weg sein werden.«

Ich blickte zweifelnd zu meiner Küche, hinter der ich das Bellen des kleinen Hundes hörte. Er war im letzten halben Jahr – entgegen Stellas Behauptungen – nicht mehr gewachsen und hatte auch nicht gelernt, dass eine Wohnung kein Spielplatz für ungezogene Hunde war. Immerhin war er inzwischen stubenrein.

Stella zog mich zur Tür und von da zu ihrem Auto. Ich weigerte mich noch immer, Mutters Geschenk (ein brandneuer Chevrolet Camaro SS) anzunehmen. Sie konnte sich ihre ›Liebe auf vier Rädern‹ sonst wohin stecken – ich war mehr denn je davon überzeugt, dass es keine schlechte Idee gewesen war, mich von meinen Eltern abzugrenzen. Nicht einmal Stella hatte ich ihnen bisher vorgestellt. Und wenn es nach mir ginge, würde das auch noch eine Weile so bleiben.

Das hier war *mein* Leben und ich fühlte mich so gut wie schon lange nicht mehr.

# Nenn mich Vicky

Ich beobachtete ihn … athletisch gebaut, südländischer Typ mit schwarz gefärbten Haaren, pechschwarzen Augen und ein paar Tattoos auf den Armen.

Ja, er passte in mein Beuteschema. Wenn da nicht diese Kleine wäre, die ihm am Rockzipfel hing, hätte ich jetzt schon gewonnen.

Das Licht neben mir flackerte, wie immer, wenn meine kleine Schwester nervös wurde.

»Das ist er also?«, fragte ich Felicitas und legte den Kopf schief, während ich ihn weiter beobachtete.

Er hatte eine Hand auf die Hüfte des rothaarigen Mädchens neben sich gelegt und seine Finger fuhren gedankenverloren über ihr grünes enges Kleid, während er den Roulettetisch begutachtete.

Felicitas und ich standen inmitten eines Casinos, aber keiner beachtete uns. Das taten sie nie, wenn wir es nicht wollten.

»Ja«, murmelte meine Schwester. »Du wirst dir an ihm aber die Zähne ausbeißen, Vicky.«

Ich wandte den Kopf zu dem hellen Licht, das noch etwas mehr zuckte. Hätte Felicitas jetzt einen Körper besessen, hätte sie mich mit erhobenem Kinn angesehen. Doch sie war gerade hüllenlos – im Gegensatz zu mir.

Meine Finger strichen mein rotes Kleid entlang, glätteten die letzten Falten. Ich konnte *richtig* sichtbar werden, ein Privileg, das mir als ältere Schwester zustand.

Nun zückte ich einen kleinen Schminkspiegel, den ich in der Handtasche trug, und begutachtete mein Gesicht, das ich von einem schwarzhaarigen französischen Model kopiert hatte. Ja, ich sah perfekt aus. Er würde mir nicht lange widerstehen können.

»Ach Kleine«, sagte ich, während ich immer noch mein Spiegelbild bewunderte. »Das hast du schon so oft gesagt – und dennoch widerstehen sie mir so selten. Glückseligkeit mag zwar erstrebenswert sein, aber die wenigsten Menschen besitzen genug Ausdauer und Willen, um daran festzuhalten. Was sie eigentlich suchen, bin ich. Das richtige Glück.«

Feli schnaubte (wie sie das ohne richtige Nase hinbekam, war mir ein Rätsel). »Du hältst dich für unwiderstehlich,

Schwester. Aber Leon wird sich nicht von dir um den Finger wickeln lassen. Dieses Mal bin ich mir ganz sicher.«

Ich lächelte meinem Spiegelbild zu. »Kleines, wenn du etwas in all den Jahrhunderten gelernt haben solltest, dann, dass ich immer das letzte Wort habe. Mal ehrlich: Was hast du bisher denn schon Großartiges erreicht? Du hast gerade mal einen Wikipedia-Eintrag und einen niedergebrannten, längst vergessenen Tempel. Nun gut. Julius Caesar hast du immerhin insofern beeindruckt, dass er für dich eine Münze prägen und seine Truppen deinen Namen rufen ließ. Aber dann … Nun, wir wissen ja alle, wie seine Geschichte endete, nachdem er *mich* kennenlernte.« Ich schloss die Augen und schüttelte schmunzelnd den Kopf. »Du bist die Verheißung, ich die Prüfung. Wenn die Menschen nur halb so stark wären, wie du es immer behauptest, gäbe es viel mehr Glückselige und weniger Unglückliche. Aber das ist unser Schicksal, kleine Schwester … das, und die Tatsache, dass du immer in meinem Schatten wandeln wirst. Die Leute wollen *mich*. Sie *verehren* mich. Weil *ich* es bin, der sie bedingungslos huldigen – die sie bedingungslos an ihrer Seite haben wollen. Das, was du ihnen bieten kannst, ist nur zu erreichen, wenn sie gewillt sind, sich zu verändern – an sich zu arbeiten.« Ich schenkte dem nun ziemlich stark flackernden Licht ein entschuldigendes Schulterzucken. »Und wir wissen beide, dass Menschen vor allem zwei Dinge sind: faul und engstirnig.«

»Wenn du sein Glück kaputt machen …«

»Schhht«, unterbrach ich sie und warf ihr einen tadelnden Blick zu. »Du weißt doch, dass ich niemals Glück kaputt machen würde. Aber ich bin Glück und Unglück zugleich. Man nennt mich auch ›Schicksal‹ – denn von der Entscheidung der Menschen hängt es ab, was sie von mir erhalten.« Ich zwinkerte dem Licht verschwörerisch zu, dann steckte ich den Spiegel wieder ein und straffte die Schultern. »Wenn du wirklich so tolle Arbeit geleistet hast, wie du sagst, wird er nichts von mir zu befürchten haben.«

»Ja, aber Vicky …«

»Nichts aber.« Ich fixierte den jungen Mann mit meinem Blick. »Ich habe schon viel zu lange auf diesen Moment warten müssen, während ich dir zugesehen habe. Ich werde ihm zeigen, was nach der Glückseligkeit kommt. Was nach DIR kommt.«

»Er wird dir widerstehen«, prophezeite meine Schwester nochmals und ich konnte förmlich erahnen, dass sie jetzt den Zeigefinger in der Luft hin und her wedeln würde.

Ich lächelte milde. »Niemand widersteht mir, kleine Schwester. Das ist der Unterschied zwischen uns. Du musst kämpfen, mir wird es geschenkt.«

Felicitas schnaubte abfällig. »Versuch es ruhig. Du wirst sehen, dass ich ganze Arbeit bei ihm geleistet habe. Er weiß, dass sich Glück nicht mit Gold aufwiegen lässt.«

Sie schien sich ihrer Sache so sicher zu sein. Mein Lächeln wurde breiter. »Und wenn ich gar nichts mit *ihm* vorhabe, sondern mit *ihr*?«, fragte ich unschuldig und beäugte dabei das rothaarige Mädchen an seiner Seite.

Meine Schwester antwortete nicht sofort, dann war ihre Stimme aber so schneidend wie Attilas Klinge. »Das wagst du nicht.«

Ihre Angst um die Menschen ließ mich leise lachen. »Keine Sorge, sie wirkt mir zu prüde. Mit ihm kann man viel mehr Spaß haben.«

»Wenn das Mutter erfährt, dann …«

»Wird sie nicht«, unterbrach ich sie. »Oder hast du schon vergessen, dass Mutter nichts davon erfahren sollte, dass du dich wieder den Menschen gezeigt hast? Das tust du ohnehin viel zu oft und ohne nachzudenken. Dabei kannst du dich noch nicht mal richtig manifestieren. Aber wenn Mutter Wind davon kriegt, wird die Hölle los sein. Im wahrsten Sinne des Wortes.«

Felicitas schwieg, was ich als Zustimmung nahm.

»Na dann zeigen wir dem Burschen mal, wie sich Glück wirklich anfühlen kann.«

Ich drückte den Rücken durch, die üppige Oberweite nach vorn, und ging in verführerischem Gang auf diesen Leon zu. Jetzt war ich für alle sichtbar – und ich genoss die Blicke, die bewundernd über meinen Model-Körper glitten.

Als ich bei ihm ankam, schenkte ich ihm das verführerischste Lächeln, das ich in meinem Repertoire hatte. Die wenigsten hatten diesem je widerstehen können. Weder Könige noch Bettler – sie alle hatten mehr von mir gewollt. Mehr Glück. Mehr Fortuna. Immer mehr.

Leon hob den Kopf und seine dunklen Augen sahen mich forschend an.

»Hallo«, säuselte ich. »Bist du zum ersten Mal hier?«

Das Mädchen neben ihm hatte sich mir ebenfalls zugewandt. Ihr Blick war um einiges skeptischer als der von Leon. Sie trat noch näher zu ihm, als spürte sie, dass von mir Gefahr ausging. »Wieso?«, antwortete sie an seiner Stelle.

»Nun, ich kann euch ein paar … Tricks zeigen, mit denen ihr hier als reiche Leute hinausgehen werdet«, spielte ich meinen Trumpf aus. Den ersten von vielen.

Das Mädchen sah hoch zu Leon. Dieser zog die Augenbrauen zusammen, dann glitt sein Blick über meinen Körper. Ich konnte ihm förmlich ansehen, dass er in Versuchung geriet. Ja, er bewunderte das, was er sah. Es bräuchte nicht viel, ihn auf meine Seite und weg von dem Mädchen zu ziehen. Felicitas hatte so unrecht gehabt … Er war nur ein Mann – und er würde mir aus der Hand fressen.

Ein siegesgewisses Schmunzeln breitete sich auf meinen Lippen aus. Doch dann konnte ich meinen Ohren kaum glauben.

Denn er schnaubte fast so wie meine Schwester und zog das rothaarige Mädchen wieder an sich, das bei meinem Siegerlächeln einen Schritt von ihm zurückgewichen war. »Kein Bedarf. Und dein Kleid ist viel zu eng, solltest ein paar Kilos abnehmen, ehe du das nochmals anziehst«, meinte er in gleichgültigem Tonfall, ehe er sich wieder dem Roulettetisch zuwandte.

Ich stand da wie versteinert.

*Hatte mich dieser Typ etwa gerade weggetrollt?!*

Das war das erste Mal seit vielen Jahrzehnten, dass mich jemand abgewiesen hatte – und dann noch mit derart rüden Worten.

Ich blieb stehen, wartete darauf, dass er seine Meinung noch ändern würde. Doch er sah nicht wieder zu mir, sondern küsste nun sogar dieses rothaarige Ding neben sich.

Dass er jedoch kurz innehielt, als Felis Kichern erklang, schrieb ich nicht dem Zufall zu. Er musste sie gehört haben – ebenso wie ich, denn sie flackerte direkt neben mir und ich war dieses eine Mal froh, dass sie gerade in ihrer transzendenten Form verweilte. Sonst hätte ich ob ihrem triumphierenden Grinsen kotzen müssen. Ja, auch Glücksgeister konnten ihren Mageninhalt entleeren.

# Schlussworte der Autorin

## Feli, Klappe die Zweite

Als Erstes möchte ich euch dafür danken, dass ihr Leons Geschichte einen Platz auf eurem Reader oder sogar im Buchregal gewährt habt. Sie ist etwas Besonderes für mich, da ich darin zwei Dinge verarbeite: Cybermobbing sowie die Tendenz der Menschen, dass sie sich auf das Negative in ihrem Leben konzentrieren statt auf das Gute, das ihnen passiert.

Diese Geschichte ist anders als alles, was ich bisher geschrieben habe. Wer möchte, kann sehr viel zwischen den Zeilen lesen und vielleicht sogar etwas lernen.

Die Idee zu ›Leon‹ entstand wirklich durch Facebook. Vieles ist in der Zeit der Digitalisierung oberflächlicher geworden. Und dennoch suchen wir Menschen verzweifelt nach Authentizität. Womöglich noch verzweifelter, als wenn es kein Internet gäbe. Wir wollen Echtheit, wo es doch so viel Unechtes gibt. Wir wollen Tiefgründigkeit, lassen uns aber von Oberflächlichkeiten leiten – ja, davon sogar unser Leben bestimmen.

Was uns dabei antreibt, ist der Wunsch, dass wir für uns einen Platz in dieser Welt finden und definieren möchten. Wir wollen wissen, wer wir sind – und orientieren uns daran, wie wir bei anderen ankommen. So wie Leon. Wenn er sich zurückgestoßen fühlt, fühlt er sich wahrgenommen. Wenn er bei anderen Frust auslösen kann, weiß er, dass er existiert. Dass er etwas bewirken kann. Dass er dabei willentlich anderen schadet, ist ihm gleichgültig.

Der erste Schritt ist es, solche Menschen zu erkennen. Denn damit ist ein großer Teil der Macht, die sie über einen haben, bereits verpufft. Wenn ihr das nächste Mal einen bissigen Kommentar einer anderen Person im Netz seht und euch denkt ›Hey, schau an, da ist ja Leon‹, nimmt das dem Kommentar direkt die Negativität. Ihr werdet euch an diese Geschichte erinnern und schmunzelt, weil ihr euch gerade Leon vorstellt, der auf Biegen und Brechen jemanden provozieren möchte. Das – dieses Schmunzeln – ist es, was mehr Macht hat als jede noch so gut überlegte Antwort, die ihr unter den Kommentar setzen könntet.

Der zweite Schritt ist es, mit negativen Menschen richtig umzugehen, ihnen nicht noch mehr Futter zu liefern (das gilt übrigens nicht nur für Cybermobbing, sondern allgemein bei Menschen, die Negativität verbreiten). Menschen wie Leon lassen ihren Frust raus oder ihnen ist schlicht und ergreifend langweilig. Sie machen andere runter, um sich selbst besser zu fühlen – um wichtiger zu sein, als sie eigentlich im wahren Leben sind. Wenn man ihnen aber nicht das von ihnen erwartete ›Futter‹ gibt, bleiben sie klein. Sie müssen sich anderweitig orientieren.

Keiner von uns ist gegen Negativität gefeit. Wir alle tendieren ab und an dazu, auf unseren Schatten zu blicken, statt die Wärme der Sonne zu fühlen, die diesen erzeugt.

Ja, nicht jeder hat eine Feli an seiner Seite. Manchmal, wenn wir den Leon in uns spüren, müssen wir unsere eigene Feli sein. Müssen uns darauf besinnen, was in unserem Leben wirklich zählt. Was wichtig ist. Was uns glücklich macht. Und wenn wir merken, dass wir vom Weg abgekommen sind, sollten wir dahin zurückkehren.

Diese Negativität, die ich immer stärker im Netz feststelle, droht, Überhand zu nehmen. Unser Leben zu bestimmen. Und das darf nicht passieren. Wie oft sehe ich negative Kommentare, wenn ich etwas auf meiner Autorenseite poste. Dabei geht es nicht einmal darum, dass sie gegen mich gerichtet sind, sondern (viel schlimmer noch) gegen die User selbst. Da werden unzählige Heul-Emoticons verwendet, um sich den Frust von der Seele zu posten. Sei's, weil nicht bei einem Gewinnspiel gewonnen wurde, sei's, weil man gerade kein Geld hat, sich etwas zu kaufen, sei's, weil einem einfach danach ist, kein fröhliches Gesicht zu machen. Dabei geht Fröhlichsein so einfach. Ein Lächeln braucht weniger Muskeln als eine traurige Miene. Probiert es aus, wenn ihr das nächste Mal anstelle eines weinenden ein lachendes Smiley verwendet. Ob bei einer Nachricht, einem Kommentar … ganz gleichgültig. Ihr werdet merken, dass euch selbst viel leichter ums Herz wird. Denn ihr zaubert damit einem anderen Menschen ebenfalls ein Lächeln aufs Gesicht.

Als Klinische Psychotherapeutin weiß ich, wie wichtig die Einstellung zum eigenen Leben ist. Worauf man seine Aufmerksamkeit bündelt, ist essenziell dafür, wie es der eigenen Psyche geht. Glücklich zu sein, kann man lernen. Man kann es sogar trainieren.

Hier ein kleiner Tipp von mir: Nehmt euch täglich vor dem Schlafengehen Zeit, euch an das Schöne des Tages zu erinnern. Es reichen zwei Dinge, die euch erfreut, zum Lächeln gebracht oder glücklich gemacht haben. Vielleicht habt ihr euch nach längerer Zeit wieder mal ein langes Bad gegönnt? Womöglich euer Lieblingsessen gekocht? Oder ihr habt ganz unerwartet ein Kompliment bekommen? Es sind die kleinen Dinge, die zählen und die so viel bewirken können. Wenn ihr mit positiven Gedanken zu Bett geht, schlaft ihr nicht nur besser, sondern fühlt euch auch so.

Ich hoffe, ein paar von euch konnten Feli und ich in eine Richtung schubsen, die euch guttut. Aber auch wenn das nicht der Fall sein sollte, bin ich einfach schon glücklich, wenn ihr mit Leons Geschichte ein paar unterhaltsame Lesestunden hattet und vielleicht sogar schmunzeln konntet. Auch wenn Leon Felis Lächeln nervt – ein Smiley kann so viel Positives nach sich ziehen. :-)

… Feli-Gequatsche: Ende. :-)

# Dank

Neben meinen treuen Lesern möchte ich sehr gern meinem Mann Andi danken, der im realen Leben, außerhalb der Fantasie, für mich den Part von Feli übernimmt. Er erdet mich, zeigt mir auf, wo mein Glück ist. Er schubst mich mal mehr oder weniger fest in diese Richtung, wenn ich in Selbstzweifeln versinke und alles doof finde. Danke, Andi. Danke, dass du an meiner Seite bist.

Dann möchte ich den beiden tollsten Jasmins danken, die es gibt: Jasmin Romana Welsch, meiner Seelenschwester, Vertrauten, Freundin. Ich danke dir, dass du mich ermutigt hast, diese Geschichte zu schreiben. Und danke an Jasmin Wurzel, die als Testleserin wieder einmal sagenhaft tollen Input gegeben hat. Ihr seid großartige Menschen, alle beide. ♥

Ein weiterer Dank geht an Rica, die dieses schöne Cover für Leon designt hat. Es ist immer wieder eine Freude, mit dir zusammenzuarbeiten, und ich bin jedes Mal geflasht, was du aus meinen Ideen zauberst. *_*

Ich danke auch meiner Familie und meinen Freunden, die sich inzwischen alle damit abgefunden haben, dass ich wohl noch eine Weile die ›Verrückte mit den Büchern‹ bleiben werde – und sich dafür interessieren, was ich tagtäglich erlebe.

Und ich danke dem Team des Sternensand Verlags (in diesem Fall besonders Martina König, Jennifer Papendick und den Sternensand-Bloggern), das einfach großartig ist. Jeder Einzelne von euch ist so wertvoll. Danke für eure stete Unterstützung. ♥

Ich wünsche euch allen eine ganz schöne Zeit und freue mich, viele von euch auf meiner nächsten Reise wieder an meiner Seite zu wissen.

Danke, dass ihr Teil meines Autorenlebens seid. ♥

Herzlich,
Eure Corinne

# Über die Autorin

C. M. Spoerri wurde 1983 geboren und lebt in der Schweiz. Ursprünglich aus der Klinischen Psychologie kommend, schreibt sie seit Frühling 2014 erfolgreich Fantasy-Jugendromane (›Alia-Saga‹, ›Greifen-Saga‹) und hat im Herbst 2015 zusammen mit ihrem Mann den Sternensand Verlag gegründet. Weitere Fantasy- und New-Adult-Projekte sind dabei, Gestalt anzunehmen.

**Kontakt:**

Homepage: www.cmspoerri.ch

E-Mail: info@cmspoerri.ch

Facebook: www.facebook.com/c.m.spoerri

Instagram: www.instagram.com/c.m.spoerri

# Weitere humorvolle Urban Fantasy

Jasmin Romana Welsch
**Absolution: Wie man eine Sünde überlebt**
Februar 2016, Sternensand Verlag
224 Seiten, broschiert
€ 12,95 [D]
*Urban Fantasy*
*Als Taschenbuch und E-Book*

Mein Name ist Sixten. Ich denke, ich war ein durchschnittlicher Absteiger: unterbezahlt, launisch und auf das Leben und die ach so verkommene Welt schlecht zu sprechen. Da war mein kleines Drogenproblem, diese nervenaufreibenden Sitzungen bei Doktor Mattson und mein Kumpel Nils, der seit der Grundschule nicht gelernt hat, länger als zehn Stunden sauer auf mich zu sein.
Summa summarum war mein Leben Mist, aber unkompliziert genug, um den Pessimismus in die tägliche Routine einfließen zu lassen.
Ich hätte genau so weitergemacht, wäre nicht alles plötzlich unwirklich geworden.
Auf einmal soll ich ein Todsünder sein und der Sklave eines Dämons werden – das behauptet zumindest die sprechende Katze, die will, dass ich sie Meisterin nenne.
Vielleicht habe ich auch einfach Wahnvorstellungen von der Kokserei bekommen. So oder so, mein Leben braucht eine Kehrtwende.
Dann muss ich mich eben damit abfinden, dass es Himmel und Hölle gibt, auch wenn ich bisher Atheist war. Ich war ja auch ein gefühlskaltes Arschloch und finde mich jetzt damit ab, dass ich die Dämonen-Katze, die meine Seele verschachern will, irgendwie mag. Einer von uns wird trotzdem verlieren.
Am Ende bin ich vielleicht tot, verrückt oder clean, aber das müsst ihr schon selbst herausfinden.

Miriam Rademacher
**Banshee Livie (Band 1):**
**Dämonenjagd für Anfänger**
13. Oktober 2017, Sternensand Verlag
370 Seiten, broschiert
€ 12,95 [D]
*Urban Fantasy*
*Als Taschenbuch und E-Book*

Miriam Rademacher
**Banshee Livie (Band 2):**
**Weltrettung für Fortgeschrittene**
12. Januar 2018, Sternensand Verlag
370 Seiten, broschiert
€ 12,95 [D]
*Urban Fantasy*
*Als Taschenbuch und E-Book*

So hat sich Livie ihren Tod nicht vorgestellt. Sie bekommt einen Job, der aus Heulen und Scharade besteht, einen altklugen Kollegen mit sexy Stimme, aber ohne Gesicht, und eine staubige Dachkammer ohne Internetanschluss. Livie ist jetzt die Banshee von Schloss Harrowmore und hat in ihrer Rolle als Schutzgeist die Aufsichtspflicht über eine der tollpatschigsten Familien Englands. Als dann auch noch ein nachtragender Dämon auftaucht, um eine uralte Rechnung zu begleichen, ist Livies Tod endgültig aufregender, als es ihr Leben jemals war.

## Weitere Titel aus unserem Fantasy-Programm

Jasmin Romana Welsch
**Krieger des Lichts (Band 1): Nihil fit sine causa**
20. Oktober 2017, Sternensand Verlag
616 Seiten, broschiert
€ 16,95 [D]

*Urban Fantasy*
*Als Taschenbuch*

Stefanie Scheurich
**Streuner: Verflucht liebenswert**
16. Februar 2018, Sternensand Verlag
Ca. 420 Seiten, broschiert
€ 12,95 [D]

*Urban Fantasy*
*Als Taschenbuch und E-Book*

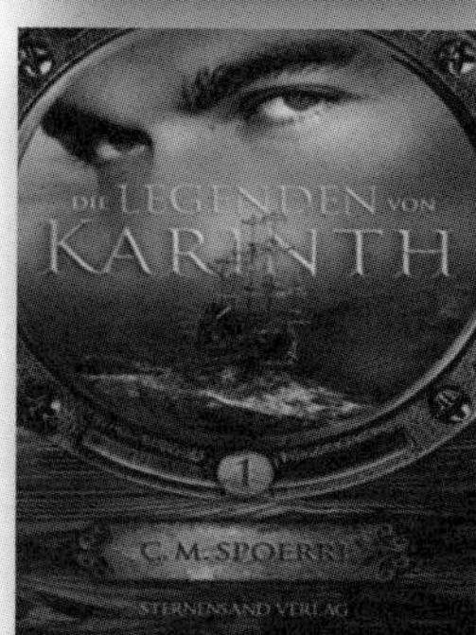


C. M. Spoerri
**Die Legenden von Karinth (Band 1)**
25. September 2016, Sternensand Verlag
448 Seiten, broschiert
€ 12,95 [D]

*High Fantasy*
*Als Taschenbuch, Hardcover und E-Book*

Carolin Emrich

**Elfenwächter (Band 1): Weg des Ordens**

15. Januar 2017, Sternensand Verlag

308 Seiten, broschiert

€ 12,95 [D]

*High Fantasy*

*Als Taschenbuch und E-Book*

Fanny Bechert

**Countdown to Noah (Band 1): Gegen Bestien**

17. September 2017, Sternensand Verlag

300 Seiten, broschiert

€ 12,95 [D]

*Jugendroman-Dystopie*

*Als Taschenbuch und E-Book*

Nadine Roth

**Bloody Mary: Du darfst dich nicht verlieben**

12. März 2017, Sternensand Verlag

560 Seiten, broschiert

€ 14,95 [D]

*Paranormal Romance*

*Als Taschenbuch und E-Book*

Sternensand Verlag

Besucht uns im Netz:

www.sternensand-verlag.ch

www.facebook.com/sternensandverlag